时 间 的 果

黎戈 著

北京时代华文书局

图书在版编目（CIP）数据

时间的果 / 黎戈著. – 北京 : 北京时代华文书局, 2022.4
ISBN 978-7-5699-4535-5

Ⅰ.①时⋯ Ⅱ.①黎⋯ Ⅲ.①随笔–作品集–中国–当代 Ⅳ.① I267.1

中国版本图书馆 CIP 数据核字 (2022) 第 027176 号

时 间 的 果
SHIJIAN DE GUO

著　　者	黎　戈
出 版 人	陈　涛
策划编辑	陈丽杰
责任编辑	陈丽杰　田晓辰
执行编辑	来怡诺
责任校对	薛　治
封面设计	Moo Design
版式设计	段文辉
责任印制	訾　敬

出版发行｜北京时代华文书局 http://www.bjsdsj.com.cn
　　　　　北京市东城区安定门外大街 138 号皇城国际大厦 A 座 8 层
　　　　　邮编：100011　电话：010 - 64263661　64261528
印　　刷｜河北京平诚乾印刷有限公司　电话：010-60247905
　　　　　（如发现印装质量问题，请与印刷厂联系调换）
开　　本｜880mm×1230mm　1/32　印　张｜7.5　字　数｜159 千字
版　　次｜2022 年 6 月第 1 版　　　印　　次｜2022 年 6 月第 1 次印刷
书　　号｜ISBN 978-7-5699-4535-5
定　　价｜58.00 元

版权所有，侵权必究

据说，人世间的关系，纯纯有两种走向：如风，或是如果。而我和文学，却是两者兼有：文学既是我精神的新鲜空气，让我呼吸其中，享受游弋云间的快乐，又是我立足的地面，和日常生活血肉难分，结出时间的果实。这关系的双重性，演变出我和文学的相处方式：文学即生活，不会对具体的热爱，并在其中一再追问生命的真谛。

2022年的春天，病毒仍在全球肆虐，很多人错过了春花与佳景。我庆幸尚能与文字相依为命，它是我的心灵家园，也希望：这风景，给疫情中的你，来一次纸游，带来内心的一缕清凉。

黎戈

序

树状的幸福

这几年，陆续清除掉一些长久以来让我觉得不适和压抑的关系，心，像去掉蔓生杂草的植物一样，日益清明有力。下决心慢下来的好处是，一旦定向，就心意坚决。喜欢的不断加深，决裂的也绝不愿意再复合。这是修枝剪叶，也是时间的自净功能。人像树一样，肌体自有排异性，只能容纳和自己同一质料的东西。所以，感情也只能顺势而为，天然爱上的人，有时在意外情况下也会产生，虽勉力培养，但怎么都爱得不浑然——内在自我不停地排斥一个本性不喜欢的类型，且分泌出自我厌恶。而符合本心的爱，才是滋养人的，因为不内耗。

人的成长，也应该像树一样，是由下及上地，在根部汲取营养，输送到枝叶末端。对人而言，就是在经验和实务中学习，关照本心，凝结成体悟，指导之后的生活。而这个程序，如果被倒置，打个比方，不断有人在前方以超前理论揠苗助长，而你的体验其实没走到那一步，也就是说，心还没有获得足够的经验，那么你的骨骼会被拔得脱臼。而这个经验与心的不同步，会造成"虚相"，是不能承重的，迟早会坍塌。

所以，我温和地接纳一切无侵略性的朋友，有耐心地倾听他们生命中具体的人事，虚心地吸纳信息、经验和知识。但是，对热衷于生产和高压输出大道理的人，我始终保持警觉和距离。"听过太多别人的道理，依旧过不好自己的人生"，这是必然的。"莫失己道，勿扰他心"，道理还是拿来管理自己吧，我始终认为，通过自我建设，让自己成为美好的存在，是比言教更好的心灵指引。包括对知识的汲取，也该像树一样，在漫长的求知岁月里，一点点地长成自己的体系，避让同一纬度的知识过度积累，打开垂直空间，就像树是立体而不是平面生长一样。且不能性急，叶子的变化也是很细微的啊。我每天读书在十万字上下，其中能吸收营养的，有几页就不错了，有的则毫无养分，但是如果你不读，就会对某些东西有误解。它的好处是体现在"没有它时"那个层面上的。甚至，这棵树还有落叶——做家务时、在超市或银行时，在那些不规则的时间罅隙里，常常会有小心思、小情绪自开自落，瞬息即逝，之后我也不会记得。硬要用语言描述，那就是"我"这棵树的"落叶"呀。

扬州是我喜欢的城市，那里有我最爱的一条路：瘦西湖畔的长春路。我常常忍不住从旅游专线上跳下来，慢慢地把它走一遍。那是一条寂寞而美丽的路，遍植水杉，但并不密集，反倒有点疏落。即使在白天也少有人迹。我一棵棵地看树。其中一棵树是黄山栾树，这种树近年来在南京也普及度很高，但不是成排就是成片的。长春路上这棵栾树却是单独种植，一棵树就占了一小片树林，面前是空地，显得姿态特别"独自"，我来回地看，决定它就是"我的树"。

塞尔努达在一篇文章里写过三棵黑杨树，精致的树干在天空下被沉静的空气映照。注视它们鲜绿的青春，塞尔努达感到一阵幸福的浸入，忍不住偷偷地抱住它。这篇文章叫《爱》——我读过那么多叫《爱》的文章，张爱玲的、莫尼森的、杜拉斯的，可我最爱这篇，虽然它无涉情欲，不关男女，却更指向爱的本源，像水之于海、湖、云。我想我明白。

我就是这样慢慢地长啊长，长成现在这个样子。

目 录

第 一 辑
叶舟

· 在有限中宁静致远

　　莫兰迪：在有限中宁静致远 _____ 003

　　罗什：你将凛然于他的温柔 _____ 008

　　顾景舟：鹧鸪悲意，采菊心情 _____ 012

　　叶嘉莹：古典文心 _____ 016

　　王维：青白之夏 _____ 021

　　是枝裕和：宛如散步 _____ 025

　　梅·萨藤：冬天的心 _____ 030

· 慢走慢爱——那些用脚步丈量心事的书

　　永井荷风：慢走慢爱 _____ 038

　　寿岳章子：温暖牌回忆录 _____ 041

　　本雅明：直视莫斯科 _____ 045

　　伯格：我们在此相遇 _____ 047

　　奈保尔：无寄 _____ 051

　　托尼·朱特：前往与停驻 _____ 054

· 无手之抚，无唇之吻

 塞尔努达：美，及比美更多的 _____ 059

 邱莫言：雪中火 _____ 065

 阿莉娅：母与女 _____ 068

 茨维塔耶娃：无手之抚，无唇之吻 _____ 076

 佐野洋子：飞翔的秘密 _____ 081

 托芙·扬松：为一张脸而写 _____ 089

 安野光雅：云中一雁 _____ 094

· 心的归巢

 心的归巢 _____ 101

 定于一 _____ 107

 纸游 _____ 111

 力量、勇气与爱 _____ 115

 无法相濡的孤独才是主角 _____ 120

 最是那一低头的温柔 _____ 124

 这就是人生 _____ 128

 手绘的安静时光 _____ 132

第 二 辑

根岸

· 日常生活颂歌

哀伤的软着陆 _____ 139

附近的爱 _____ 143

聊赠一枝春 _____ 147

你一直在玩 _____ 152

一副眼镜 _____ 156

梅花洗 _____ 160

月桂糖 _____ 164

铅笔的可悔品质 _____ 168

云的名字 _____ 172

阅读树心 _____ 176

好看的城墙和野花 _____ 180

· 时间的果

    大事冬藏，小事冬算 _____ 185

    记忆的折痕 _____ 191

    时间的果 _____ 197

    一口锅的生活 _____ 200

    夜市 _____ 204

    爱是一生成熟的果实 _____ 209

    有些虚度，会长出翅膀 _____ 215

    我们不善告别 _____ 220

· 附：给祝羽捷的信 _____ 225

第一辑

叶舟

在有限中宁静致远

慢走慢爱——
那些用脚步丈量心事的书

无手之抚,无唇之吻

心的归巢

莫兰迪：在有限中宁静致远

罗什：你将凛然于他的温柔

顾景舟：鹧鸪悲意，采菊心情

在
叶嘉莹：古典文心

有限中
王维：青白之夏

宁静致远
是枝裕和：宛如散步

梅·萨藤：冬天的心

莫兰迪：在有限中宁静致远

唐纳德·里奇在《小津》里，说小津安二郎和莫兰迪很像。

里奇这句话，让我久久陷入深思。的确，小津的电影总是使用类似的片名——《早春》《秋日和》，同类的家庭题材，几张老面孔的演员（片中角色名也常常雷同），连情节素材、构图也大同小异。而他对此的回应是："我是'开豆腐店的'。做豆腐的人去做咖喱饭或炸猪排，不可能好吃。"——这句话鲜明地宣言了他的艺术立场，以至于被选作他散文集的书名（《我是开豆腐店的，我只做豆腐》）。豆腐是一种味道清淡却耐咀嚼的日常食材，但小津的立意是：平淡不是无味。许多人把电影当成对日常生活的逃离，而小津是调动官能，恢复了对"生活之味"的嗅觉，更深刻地认知生活。

莫兰迪亦如此，他画了一辈子的瓶瓶罐罐——花瓶、油瓶、厨房用具、海螺，他的一千四百多张画的主角，几乎都是这些。他通过静观，获得了广阔的心理空间。如同加斯东·巴士拉所说："一片真正有人居住过的安静树叶，一个在最谦卑的视线中捕捉到的安静眼神，它们是广阔的进行者，这些形象使世界变大，使夏天变大，在这些时刻，诗歌散布着平静之波，广阔性被静观放大，静观的态度是一种如此重要的人性价值。"

二人相似之处是：拥有某种悖论式雄心，回避宏大主题，重复简单元素。小津一直被批评缺乏大视角，没有社会敏感度。二人都没有结婚，小津一直由母亲照顾生活，而莫兰迪则和他三个单身的妹妹住在一幢山居小屋里。有人千里迢迢坐火车，再爬十里山路去他的故居——非常简朴的石头房子，三扇狭长的窗子，窗外是在莫兰迪画中常见的景色：几棵树，枯草覆盖的山坡。

我找到一张他故居的照片，拍的是冬日境况，积雪压在枝丫上，地上却有几朵顶雪的花萼。室内反倒像车间，稀稀落落地摆放着几件家具：半身高的书架，积满灰尘的画架，窄窄的禁欲味道的小床，四周全是画画用的道具。莫兰迪身处艺术中心的意大利，却仅在年轻时出游过几次，其余时间都蜗居在巷陌深处，或山顶小镇，每天走着同一条路去美术学院教学。不在画室时，莫兰迪就去散步，或者背着颜料去野外写生。他为了写生，往往一大早就出去，在树丛里等待一天中最好的光线，之后回家画画。大隐隐于瓶瓶罐罐，隐于心。

很有趣的是，莫兰迪的画室不让别人进去。妹妹进去给他打扫，他很生气，不让擦掉画室的灰尘，他认为把灰尘擦掉会改变光线。小妹马丽娅·特雷西娅在一篇文中说，莫兰迪不想让任何人碰这些东西，就像画家贾科梅蒂甚至对工作室玻璃的灰尘也充满敬意。灰尘见证了时光的来路，也掩盖了材质，模糊了物品的贵贱、出身、世俗和市场价格意义上的价值，使它们更能体现真实的存在，也利于构造墙壁和书桌面的空间关系。

莫兰迪所画的静物是从市场买来的，他总是提前一天去买好它们，反复地调整摆放位置，沿着器物底部画出线条，留下标记。时间长了，桌子上留下道道痕迹。莫兰迪晚年的画，比早年的要明亮，部分原因是晚年的山居屋子比早年的房子采光好，可见莫兰迪对光线的诚实。但是他并不致力于精确地勾画光影效果，而是淡化这些，静物只是道具，通过它们，再忘掉它们，达到物我幽冥的心灵禅境。

为什么只画瓶子？在1957年的访问中，莫兰迪曾说过："那种由看得见的世界，也就是形体的世界所唤起的感觉和图像，很难甚至根本无法用定义和词汇来描述。事实上，它与日常生活中我们所感受到的完全不一样，因为视觉所及的那个世界是由形体、颜色、空间和光线所决定的……我相信，没有一样东西比我们所看到的世界更抽象、更不真实。我们在物质世界所认知的所有事物，都并非如我们所看到和所了解的那般。物的性质当然存在，但却不具有任何我们附加在它身上的意义。"

莫兰迪的晚期作品中，空白面已经达到画面的二分之一，环抱着"物"的"空"，其实才是他想描绘的。而在小津的电影中，当他认为远景是最适合的表现方式时，在呈现这个远景镜头之前，他常常用特写镜头，这个特写不承载意义，只是一个疏笔淡描，为了凸显之后的那个远景镜头。就像莫兰迪的静物，反凸出它们周围的负空间。相形之下，那种精确摄取物像的高仿真绘画则类似于游客拍照，占有景色，达到"到此一游"的效果，而偏离了艺术的本意——与自己及他人心灵的沟通。莫兰迪的画就是视觉的山水诗和古琴曲，意在画外。

为什么爱他？他是第一个让我从视觉维度体味"静"的西方画家。我是个文字工作者，天生就有一根发达的文字神经，这根神经最后演化成导航仪，在我的注意力前方，已经布局了我的关注点和方向。而莫兰迪使我逃逸出来。只要凝望着他的画，仅仅看着那些色块和线条，清凉静意自生。那些参差幽微的灰，成了我的精神空调。

抽象画家里，他也是我喜欢的第一人。蒙德里安太聒噪和热闹，画里充满了声音，在他最后创作时期的作品中，整个都市的声光都浮现在画布上，那些小方格子的色彩一点又一点，美术馆因此在展览时都会放爵士乐——真是赋予形地解读了蒙德里安。如果莫兰迪的画也能发声，大概会是夜间大海的涌浪声，单音节地往复，却又辽阔致远。莫兰迪也不像克利那么爱阐释自己的艺术观，能写出长长的艺术论文、教材及记录生活轨迹的日记。莫兰迪非常寡言，很少谈及自己，甚至和家人说话也用敬语。

贾科莫·莱奥帕尔迪是莫兰迪最爱的诗人，据说后者手边常常会摆放一本他的诗集。我在网上查询了莫兰迪的画室，找那本诗集的安身之所。莫兰迪生活极简，家具非常少，那本诗集兴许就放在他的床头或者书柜。这首是莱奥帕尔迪的《无限》：

> 我一直爱这座孤山
>
> 和这道几乎
>
> 挡住整个地平线的篱笆
>
> 但坐在这里，做着白日梦，我看见
>
> 篱笆外无限的空间，比人类的沉默
>
> 更深的沉默，一片无边的寂静
>
> 我的心几乎因害怕而停跳
>
> 疾风
>
> 在树丛中窸窸穿行
>
> 我在风声中听到无限的沉默
>
> 永恒的念头浮现脑海
>
> 还有那些死去的季节
>
> 和这个此刻波动着的季节和它的声音
>
> 我的思绪浸溺在这辽阔中
>
> 在这样的大海里沉落
>
> 何尝不是安慰

静默中自有广阔天地，在有限中也能宁静致远。这古代中国的风韵，我居然是走过了一座西方画家的视觉之虹桥，才抵达。

罗什：你将凛然于他的温柔

亨利-皮埃尔·罗什是个法国人，写了自传体小说《祖与占》和《两个英国女孩与欧陆》。他的书湮没在浩瀚书海和无名作者之中，并未走红，直到有一天，它被大导演弗朗索瓦·特吕弗发现，并陆续改编成电影。此时，罗什已经七十岁了。

罗什的句子，意象精确，字句凝练，可是，在字句的窟窿里，却溢出了澎湃的诗情。特吕弗用了一个美得惊人的句子来总结自己对罗什的阅读感受："你将凛然于他的温柔。""凛然"是个冷感的词，让人想到冬日雪花带着锋芒的冷；而"温柔"又是初生婴儿的脸，触感柔软……我再也想不出还有什么句子，能有"你将凛然于他的温柔"这种既热又凉的感觉，更适合形容"暧昧"这种感情了。

罗什和特吕弗，这两个男人，共同点是非常爱女人，且长于暧昧。青年特吕弗曾经在资料馆工作，其间他"爱"上了十个姑娘，他喜欢上这种既幸福又感伤的共存关系。好像每个女人都值得他去爱,他同时爱着她们每个人,而且差异使她们每个人都是独一无二的。那年他十八岁。他不愿意男人分享他的公寓和晚餐,并公开宣布:"在这一点上,我和希特勒与萨特一样,无法忍受晚上七点以后与男人为伍。"当然,他也无一例外地爱上了自己电影中的女主角:让娜·莫罗、伊莎贝尔·阿佳妮、凯瑟琳·德纳芙。

特吕弗遇到罗什,两人的暧昧美学终于结出了果实,就是那部《两个英国女孩与欧陆》。

《两个英国女孩与欧陆》说的是二十世纪初,一个法国男人和一对英国姐妹的爱情故事。故事主人公是个有钱的公子哥儿,爱好艺术,并以此为业,生活的重心是恋爱、游历、学习,他先是爱上妹妹,后又迷上了姐姐,之间还穿插着其他恋人,纠葛一番之后,最终二人都嫁给了别的男人——这应该就是罗什自己的故事——它是暧昧美学的经典之作。

罗什速写场景和塑造情境的能力是一流的。比如这本书里,写"我"第一次和姐姐米瑞尔做爱,他脱一件衣服,她就跟着脱一件,两人合计脱了六件,罗什就这么亦步亦趋地,写了长长一段。那个细嚼慢咽,品尝爱欲,慢慢卸掉隔物,接近对方的节奏,真琐碎,也真美。他形容"我"对米瑞尔的爱:"我们的爱就像跟着我们的孩子,有时饥饿,有时沉睡。"孩子的主要特点就是行为不成形,不负责,罗什的爱就是这个味道。他的暧昧,不是一种因于客观条件的情境暧昧,而是生性暧昧,不会别样的爱。

这爱没有侵略性，他和两姐妹都不避讳彼此的风流事迹。罗什对妓院也有好奇心——当然没有侵略性，试想一个有侵略性之物，一把刀，一把斧头，首先它得有形状，有力量源，有挥刀的动作，有它孰不可忍之边界。这些，罗什都没有。对着米瑞尔，他等了一生的朝觐，他力量的顶点也不过是"如果她要求，我可以娶她"。人为刀俎，我为鱼肉——他是永远的被动式。

这样无骨的男人，本应是我讨厌的类型，但一种洁净感将亨利-皮埃尔·罗什拯救了。他和妹妹安娜告别，安娜说"我走到那棵白杨树下会回头看你的"，他们刚刚有过鱼水之欢，却仍像罗什撑伞坐在公交车顶层体验伦敦的雾一样，对彼此存着干净的渴念。还有他们三人那些幼稚但纯真的游戏，抱猪跑之类的，使人不禁觉得，用一种成年人秩序世界里的量杯去衡量他们的行为，这严肃似乎不合时宜。并且他的暧昧是匀质的，他对别人也宽容，并不过分介意姐妹俩有其他的伴侣。

他与姐妹俩的故事，在上完床之后都滑向低谷，他喜欢靠近爱，把玩爱，经营爱的前戏，把手伸进爱的柔波中感受那流动的美，却不会用一生做容器盛放爱。姐妹俩都嫁给了别人，很多年后，他看到米瑞尔的女儿，那小小孩子的身体里，盛开着她母亲的姿态——笃定和灿然，他追随这孩子走过了整个博物馆，没有说话。

"我永远不会让她生出这样的孩子"……是的，那是强健的、有行动力的、形状完整的人才能有的镌刻能力。一朵云只能无心而出岫，留下影子，然后，流走。暧昧，就是这样一朵无锋却伤人的流云，它不可触，不可深想，又不能忘。那是一片无法收割的心事，你只能凛然于它的温柔。

顾景舟：鹧鸪悲意，采菊心情

这两年，日本人的工艺书被大量引进，以至于一提到"匠人精神"，我面前会立刻出现一张日本脸在日式的榻榻米上躬身劳作的情景。其实，中国也有自己出色的手工艺者。由于日本稳定的经济环境、对匠人精神的尊崇，所以手工艺者亦有安全感，而中国的手工艺者，在动荡环境中的自为，亦值得嘉许。这里，我写的是紫砂大师——把"艺"和"匠"打通了的顾景舟。

他长着一张苏南老人最常见的脸，干净清秀，他家世代做壶，偏他从小酷爱读书，虽因家贫只能辍学抟壶，但狷介孤高的书卷气终生不散。他不喜交际，只有几个遥遥的淡友，偶尔啜茶、品壶、谈书画；他日日对着的，是紫砂壶，一把不满意的壶，他要挂在面前三个月，天天琢磨怎么改进；他对恋爱对象也非常挑剔，某个被拒的美女据说是因为脚不好看，夏天露脚碍眼；他不事富贵，但重视尊严，厂子里的澡堂，得让他第一个下水，洗头汤……但是，这种多刺的"冷感"，我倒不讨厌，我是觉得这种处处不苟且、酸气盎然的清高和他作品的完美是一体的——

玫瑰的刺是可以原谅的。

我试图和人谈起顾景舟的紫砂壶工艺,听者反应冷淡,但我只要说到"这个人的壶,拍出了两千多万元人民币的高价",对方顿时眼睛亮了。

而这个天价壶的创造者顾景舟,一生多舛:少时家贫,被迫辍学做壶,他苦心孤诣,奋力在艺海搏舟,又逢战乱,紫砂壶业萧条,他只好赴沪给古董行做"壶手",就是做仿古赝品,冒充古董。每天关在逼仄的格子间里,饭菜从小窗口递进来,同事也不能晤面,饱含心血的杰作上连款识都不能落。

他平日生活非常清简:不吃大荤,只食鱼虾和素菜,但喝茶的水都是自己用竹壳水瓶拎到厂子里去的,他嫌工厂的水有异味;他穿的是老款旧衣,但是必须浆洗干净。有一次他走完上海的一条街,买不到一件合适的汗衫,不是对角线不直就是对角不整齐。宜兴是江苏最大的产竹基地,顾景舟曾经劈了青竹,自制竹筷,虽是最廉价之物,却被他打磨得像玉一样温润。他做一把壶,需要使用120件工具,装满了10个抽屉。

这个隐身细处的冷香逸韵,不就是紫砂精神吗?

历来,在中国的工艺史上,"瓷"代言皇族权贵,"陶"寄身于百姓庶民。一直到明清之际,在官窑瓷器的造作媚权与民窑陶器的粗杂之间,匠人才找到了紫砂器。紫砂之美,不是奢侈高悬,而是素朴精妙——顾景舟曾经用了三个多月的时间改进一把提梁壶,只是为了改良它的出水口:好的壶口必须出水七寸不弯。旧时代把玩紫砂壶的都是茶客，心境闲适，出水悠然，所以出水口小。新时代生活节奏加快，出水口相应就放大了。红茶是发酵茶，所以宜高壶，深闷之后，香浓蕴藉；绿茶宜扁壶，澄澈清鲜，色香味皆蕴——就像文学的人本精神，紫砂也是以人为本的。

顾景舟的关键字，是"素"，吃得素，穿得素，人也是个素心人。白天他静心做壶，晚上就是在灯下写大字，读古书，养蓄着他的采菊心情，连收到他信件的客户都称他的文字从文采到书法俱是古风盎然——人的气质，就是佛学中所说的"天香"，生命中本然的气息，它会在各个细节中渗出……人格养出了壶格，顾景舟做壶，也是以洗练无藻饰的光素器为主，不喜欢雕琢甜俗的花器，宁可山水芙蓉，不愿镂金错彩，但恰恰是这种壶对精确度要求最高。他的设计图稿比例精准，必须使用"顾氏手法"来拍，否则，一步错，步步错。

顾景舟闲时喜欢养金鱼，种荷花，喂画眉。据顾的家人回忆，小时候，顾景舟对周边植物就非常感兴趣，少时家中有竹园，春天竹笋发芽，顾景舟就坐在竹笋边，默观其形态，自夏到秋，一株南瓜秧开花、落蒂、结果，他也要细收眼底。而在他老年时给徒弟上课时的备课笔记中，我摘抄到这样的段落："现在我们生产葡萄藤不去观察葡萄，生产竹段不去看竹子，这是不对的。葡萄藤的叶子生在藤的节骨眼儿上，竹子是五叶一枪……紫砂来自自然界的形体，我们要有生活有观察。"——一把壶的曲直收放、线条的节奏感，恰恰得益于静观万物中养成的美学直觉。

紫砂壶，素来是文人把玩的雅趣，壶上铭刻诗文，溢出浓浓金石味。而顾景舟的壶，飘逸出屡屡文气，这来自他满肚子烂熟的古诗词。有把壶叫鹧鸪提梁壶，是顾景舟在陪护癌症晚期的妻子时做的，这个妻子是由组织安排的，但也相守了二十年——鹧鸪提梁壶侧看如一只飞翔的鹧鸪鸟，鹧鸪好悲啼，自古就是悲剧意象。在鹧鸪提梁壶底上，顾景舟留下这样的刻款："为治老妻痼疾就医沪上，百无聊中抟做数壶，以纪命途坎坷。"——紫砂壶不仅是手，更是心智的作品。手艺人的心性、气质、手感、精神状态，在一把壶上完全可以得到体现，他这一生没有过成形的爱情，他所有的情感能量，都给了壶。所以，鹧鸪悲意，采菊心情……他的壶是会抒情的。

叶嘉莹：古典文心

从成为"文青"的初始，我就觉得和西方文学比较亲近。那种直接明快、结构清晰的表达，明朗的逻辑，外露的情感，是和我率性直线条的性格比较投契的。东方文学，始终让我觉得欲言又止、吞吐无踪，西洋式的繁花，好歹能看出枝节走向，而东方式的云雾缭绕却让人不辨山川真面……虽然成长在中文环境中，我却并不觉得自己有一颗迂回礼让、婉转玲珑的中国古典文心。近年来，我又开始看中国书，并能慢慢领略中式美感。在这条识美之路上，叶嘉莹是我的一个重要的路标。我读中国诗词，就是拿她和顾随做套餐。先把叶嘉莹悉数看完，再上溯到顾随，叶平易、细腻、系统化，顾脱稿程度高。有人诟病叶嘉莹，说是讲稿很繁冗啰唆，我对她却怀着对入门老师的感激之情，好比我始终不能忘记上小学时那个手把手教我剪了拼音卡片，放在塑料袋里带上，每天识一两个拼音，领我认一个个字的鲁老师，一个干瘦慈祥的老太太。

叶嘉莹确实是不厌其烦，不避细节，她讲"秋风吹飞藿"，就一定要仔仔细细地告诉你，"藿"是豆叶，到秋天都凋零了，只剩下光秃秃的叶秆；她讲"孤鸿号外野"，就得解释"鸿"是体格最大的雁子，翅膀有两尺长，但如果不是精细到这个程度，又何以能注解文思、精确理解文义？叶嘉莹是天生擅长细解诸事，我看她的口述自传也是非常详细，谈到小时候用的油灯，也要那么细节入微地描绘出来：多大，如何使用，用什么布擦。

她和她的老师顾随，也有区别，顾随激越，叶嘉莹温厚；顾随是金句王，浓缩度高，每天一段极受益，多了会糊住，叶嘉莹清滢，前者是精华露，后者是营养水；顾随最喜欢说的是"生之力"，叶老师最乐于用的词是"感发"，一个是力，一个是风，有风了，就有风容、风骨、风貌，而这个又是"好风凭借力，送我上青云"的自然催发。顾老师是神行，是谈到得意处，神采飞扬地重重拍下你肩膀；叶老师是风和日暖，并肩散步，时有清风吹你襟怀。

有几个月我眼睛涨痛，只能听书，在百度上听《诗经》和《唐诗》，熟悉古音，还在休息时听和叶嘉莹说诗词的书配套的碟片来加强学习。叶嘉莹的教学碟里，夹杂着板书的声音，那粉笔敲在黑板上细碎的"当当"声，是那个燠热夏天的注脚。有时听睡着了，一觉醒来，诗词已经从入睡时的王籍到醒时的李白了。黄粱一梦，不过一生，我却一个午睡就穿越了初唐。

中国古诗词，背负着中华民族几千年的文明传承、战火苦难，如果你没有丰厚的文化底蕴，身临其境地熟悉过那氛围，那么，那烟尘之上的、故纸之中的、发黄的中国，是和你有隔膜的。别说评论家、学者，即使是普通读者，也得有这个积淀。所以二十世纪七十年代末，叶嘉莹一定要回中国教书。在加拿大即使是华裔，那也是"竹生"——这个词，我第一次听到，也是在叶嘉莹这里。当然，叶老师认认真真地给这个名词做了解释，竹子是一节一节的，每节之间都有隔，而移民海外长大的孩子和母国是有隔的，和生长国也是有隔的。而在中国本土的青年人，即使被"文革"打断过文化命脉，骨子里还是更接近中国文化。

叶嘉莹在一个满族大家庭里长大，大伯是个中医，屋子里堆满了古书，大学生都到她家里来借书。她的青年时代，就是躺在大书箱上看书，在深深的院落里写古体诗，和伯父谈论诗词家的逸闻。垂花门内，听高柳鸣蝉，看云凝墨色。她就读的辅仁大学，是旧时的恭王府，我简直想拿汪曾祺回忆故居的《花园》里的话来解读叶嘉莹了："我自小养育于这种安定与寂寞里。"——这中式庭院重门深锁中的静气，才滋养了一颗古典文心。

叶嘉莹解读爱情诗词时的细腻，时而让我吃惊，而她自己却没有爱情——与很多民国闺秀的浪漫婚恋故事迥异，叶嘉莹的一生更有平民质地：十七岁时，母亲因急病而亡，长钉敲入棺材的厉声，结束了她无忧的少年；青年时在战乱中去家南下，被命运推送着接受不美满的婚姻，"剩抚怀中女，深宵忍泪吞"；中年移民加拿大，晚年丧女。教书多年之后，她丈夫无意中看到她讲课的录像，才知道自己的太太在台上是这样精神焕发。

而中国近代史，更是一部家国苦难史，那是任何一个身处局中的人都无法逃避的。叶嘉莹并没有突围出去，遇到神仙美眷，避难于明亮的诗意岛屿。她默默地溶解于时代的苦水，也只有在这样的经验储备之下，才能换我心，为你心，才会与千载相隔的古人同声同气——叶嘉莹成长于日据时代的北平，每次去颐和园，她都会吟诵"国破山河在"，战乱中远在南方工作的老父与她失联，那真是"家书抵万金"。"天以百凶成就一词人"，这"百凶"，磨蚀了锐气，却又使自我丰盈；这"百凶"，像一盏明亮的夜灯，照亮了古语的密林。

前阵子我看帕蒂·史密斯，就是那个"朋克教母"的传记，觉得她真是酷极了。她十八岁时生完第一个孩子，送给寄养人家后，就跑到纽约追求艺术生涯，在书店打工，每晚写诗、画画，和摇滚青年们共住一个旅馆，过各种试验性的生活，穿件雨衣跑到巴黎去看兰波的墓地，弹着低音吉他给自己的诗歌伴奏，白衬衫上挂着黑领带，手里夹着烟，那个酷！

但是我觉得，那种很酷烈的文艺生涯，虽然极具审美感，但离我的世界太遥远了，在中国这种大环境里，也没有操作平台。但是叶嘉莹身上履行的那个，倒是我很熟悉的，就是"弱德"。什么叫作"弱德"呢？德有很多种，有健者之德，有弱者之德，它是一种持守。叶嘉莹说："现在很多人都以强者为德，夫妻、朋友吵架，你凶，我比你还要凶恶，都以为自己要做一个强者才是好的,我小时候学习的不是如此。弱德是一种德,需要坚强地持守。"

中国人面对多灾多难的历史,怀揣一颗在无数次政治斗争中被吓得噤若寒蝉的小民之心,饱受人际碾压,以天生含蓄收敛的性格,拿来承受生活的就是这么一种技术动作:弱德。和西方人在尊重个体的文明环境中养成的那种外凸型的拳头不一样,弱德是紧握、压抑、阴性的,表现为,无论经历怎样的折磨,都坚持保住一个平静不走形的内心。它看上去是平面,是零,但其实是力,是大大的正数。这种涌动,也许不具有戏剧化的外壳,却仍然能在生活、事业、治学中焕发对客体的光芒。

在文学界一向有种势利,那就是搞小说、诗歌这种创造性文体的人看不起写评论这种二手文体的人,觉得解读不算什么。但其实真正地理解文义,达到会心,要靠一个人的眼界、慧心、丰富的历史知识、生命力的厚度。所谓"识照",得自内心的光亮和澄澈,就像一泓明亮旷广的秋水才能照出晚霞漫天一样。如果此人生命体验单薄,心波混浊、干涸,那他眼中的诗词不过是几句干枯的文字。那个"解",是以心转物,是要用评论家自己的生命力去焕发和营养的。甚至,在你生命力衰颓时,读书都是读不出味道的,更不可能把学问做得扎实。中国文学讲究的是"修",不只是获取知识,更是加固人格力量,当叶嘉莹慷慨激昂地讲到陶渊明住草屋,穿粗布衣,寒夜冻醒却内心清亮,因为有"得道"之安宁,我倒是感到了叶老师本人的"得道",继而默默希望近年来屡遭变故的我自己也能"得道"。

王维：青白之夏

天气酷热，每天只有傍晚太阳下山以后，才敢出门买菜。早晨起来，做咖啡、洗衣服、拖地板。我对微博、微信，都日渐失去了黏度。上网就是去查找和储存书籍信息。另外一个目的是收信。不太频繁地，会有几个谈得来的文友给我寄来他们翻译的诗、写的小说。又在网页上看到朋友们新做出的陶艺作品、完成的建筑设计，想到大家都在每日默默努力前行，和我一样，执于一隅，并不多言语，却从未放弃，这些密林中遥远的动静，让我觉得很好，不寂寞。

书当然是每日读。看到喜欢的章节，就会手抄下来，这样做，就好像从血肉上与文字亲近了。天太热，就读王维，在他的山水诗集《辋川集》里，淡去了所有的主观温度，只速写了山川风貌。王维总是让我想起俳句，他写了很多五言律诗，俳句的格式是五七五；他以意境见长，并不道破，而是让读者自己意会，俳句也是"荷花美在未出水时"那种含苞之美；还有一点，是用色。王维喜欢青、白二色，而日本人对这两色也是青睐的。

这么想着，我索性翻出了一本俳句选，配着王维的诗来读。在诗行里，摘抄了一大堆带"白"色的诗句：有些是描述颜色，物化层面上的实指,比如"白雪下,当归冒出浅紫芽白雪之下,独活呀,冒出浅紫芽";有些是借通感来描述知觉,比如"海边暮霭色,野鸭声微白""比起石山石,秋风色更白"。

青配白,是最易生清凉之感的,也是直击盛夏感官的小清新:夏日里,素面艳骨的绿叶白花系,依次登场,最先蹑足而至的,是几案上小小一把,插在洗净的玻璃瓶里就可以夜香强劲流袭竹席的栀子;早晨去菜场买菜,惊醒鼻腔的,是晨光熹微中初绽的金银花;白日走过街巷,头顶是白玉兰凛冽的寒香。

在苏州喝茶,隔着玻璃窗,青瓦白墙下,总有端着竹篮卖花的阿婆,马头篮里,蓝印花布上,换下了冬天的佛手,应季摊着茉莉手串,还有用细钢丝拧成扣子状的白兰花,一对一对,那香味脂粉气十足……忍不住想起写《青玉案》的贺铸,正是在苏州写下了:"一川烟草,满城风絮,梅子黄时雨。"听闻旧时葑门还有叫卖荷花的,不知是白荷还是粉荷。去南方旅行,树篱里的清气,是细眉细眼的七里香,它们是我旅途中的小逗号,让我停顿一下,知道自己是在异乡。啊,对了,用惯的那瓶洗面奶,香型是白姜花。

日本人的插花书里,梅雨季时把青桃连枝摘下,连着果实一起放进白瓶,像眉目青青的少年一样,把这闷湿燠热的混浊暑气给驱散。我在平日散步的小桃林里,逡巡了半天,想捡一枝别人扔掉的青桃,但是那个果实都腐烂了,没有美感,在树上的都很硬挺，线条舒展优美，想了想，还是决定让它们留在枝上，自开自落。

继续读消夏的诗集。中国的很多古诗，都是青、白二色并用，比如"白云映碧空""白骨寂无言，青松岂知春""何以折相赠？白花青桂枝"。在王维的诗中，这类诗句比例就更大，比如"清浅白石滩，绿蒲向堪把""漠漠水田飞白鹭""白水明田外，碧峰出山后"。他喜欢白云这个意象，白云在古诗中象征着自由和空灵；他也热爱青苔——人迹罕至的寂静之地，才能生苔，"苔封"就是时间的佐证："空山不见人，但闻人语响。返景入深林，复照青苔上。""轻阴阁小雨，深院昼慵开。坐看苍苔色，欲上人衣来。"

白云任意出岫的自由，和青苔庭院深深的安静自处，是王维一生求而不得的禅静。他是个书画、音律天赋都很高的少年才子，年少成名，及第，却又逢乱世，终生纠结在归隐和仕途之中。安史之乱中，未能自杀保节，反而出任伪职。这份羞耻，成为他晚年的诗歌主题之一。他是人也干净，诗也干净：他奉佛守静，不茹荤食肉，"香饭青菰米，嘉蔬绿笋茎"。晚年住的斋室，一无所有，唯茶铛、药臼、经案、绳床而已。他也有题材和语言方面的洁癖，太害怕脏手，写的诗句一尘不染，却错过了大格局和深度，没有成为杜甫那样不怕脏手，反而入山获宝，成为代言底层人士的大众行吟诗人。他也不像陶渊明，有"披褐守长夜"的诉苦和"冻馁固缠己"的直陈窘境。这些纠结杂念，反而使陶的"道胜无戚颜"更真实和生动。

王维的诗歌有两面：一面是应酬、交游、即兴吟唱的，比如对张五弟，其实是热烈之下的冷淡，他以高妙的平衡木技术，成了一个仕隐两得的诗人，但也因此被批评为缺乏真诚；另外一种，是向内、苦吟、私人的，即使在这部分诗歌里，他也不敢面对内心的纠结，把它写出来。他的干净，缺少了某种"信心"——对自身不染的自信，对自己清洁本性的肯定。我突然想起，顾随似乎不太喜欢王维，我不知道是时代还是个性的缘故，顾随对波澜壮阔、艳美的"生命力""生之色彩"较为推崇，而王维太干净，太出世，太不染尘了。王的"法喜""禅悦"远远大于"生趣"了。王维诗歌里的荷锄农夫和陶渊明笔下汗臭味袭人的农民相比，更像是山水画中便于制造动静对比的人物道具。

中午的时候，去收晒好的被胎和被套。套被子是件力气活儿，找准四角，摸清方向，举起被胎塞进去，重重的老棉花胎，往返操作几次，累得颈背都疼。套好，拍松，盖上防尘的布。决定：今天的有氧活动就免了吧。做简单的午饭：煎几片培根，用剩下的油煎鸡腿菇和蔬菜，"吾生好清净，蔬食去情尘"。

是枝裕和：宛如散步

看是枝裕和，我的感觉是"回家"。

有时去繁华都市旅行，也会很享受一线城市才有的丰富的文化活动、信息缤纷的现代文明。但是我觉得，只有回到南京，我才是在生活。区别就是节奏，大城市的人，生活步伐特别快，你被裹挟其中，哪怕只是旅客，都不自觉地快步起来。在南京，我每天路过小时候的小学，经过很多同学的家门口，时不时见到一个小店主，他的儿子都是我眼见着从开裆裤小屁孩长成了开着豪车的腆腹中年人。那种用了一辈子才缓慢生成的根系感，是别的城市无法替代的。

在是枝裕和的电影里，我一下就放松了，不用为自己狭隘的小民地域意识而抱愧。他反复使用的一个词"宛如步行"（形容拍电影），换算成中国的语言应该是"流年"。就在妈妈和女儿削萝卜、唠家常、准备午饭、谈论家门口觅食的麻雀，儿子一边看妈妈做家务一边顶嘴，母亲和女儿说着儿媳的小小八卦时，时光已经穿过我们，径自前行。当年的良多说自己不需要汽车，把姐夫递来的卖车广告不耐烦地丢开。若干年后，他却是开着车，载着妻子和孩子们回乡扫墓，生活得步履不停，而我们只能紧随其后。时间流逝，逝者如斯，生者继续在琐碎中度日，我们就是那样沉入了时光深处。

最近擦地板的时候，就放着是枝裕和的电影配乐。我喜欢他电影里对声音的处理，饱满、多元，使用手法经济，既能调动感官又能起到换场作用。比如《步履不停》里，妈妈和女儿削胡萝卜和白萝卜，刀法截然不同，声音一快一慢，不仅显得很生活化，而且能展示人物性格。他自己在随笔里也常常写到声音。他去小津安二郎住过的旅馆，夜里听到的不复是旧时浪声，而是飞车党的飙车厉声。他想就此也能拍电影。这些构思的根芽，都得自"具体"。

正因为是以步行的速度记录日常，所以与生活的贴合度非常重要。是枝裕和说他自己成天在想的都是母亲以怎样的手势给儿子梳头、一家三口躺在床上时是怎样的排序。他和小津安二郎一样，都不喜欢使用文学作品作为剧本的基础，不是依赖情节的起伏，而是靠场景的自足和人物的对白。是枝裕和总想把故事强悍的骨架给打散，溶解到日常中去。

这对我来说，是个技术提示，那就是，哪怕看上去最庸常或者最戏剧化的事，都可以变成一种写意笔法：即使是表现孩子饥肠辘辘，是枝裕和也一样用镜头语言呈现了美丽的日落、野花和公园。这并不是鸡汤式的过滤和唯美，也是诚实的——有一次大家讨论什么是严肃文学和通俗文学的分界线，得出结论是：前者揭示人生的灰暗和徒劳，后者给人廉价的希望和安慰。而我总觉得，在这两者之间，地铁站碌碌的人流所携带的瞬息万变的心情，在千疮百孔的底子上闪过美丽的瞬间，才是生命之核。

我是个无神论者，但是，如果有什么在我的生命中接近信仰，那就是日常生活。我想是枝裕和懂得这一点：生命并非蒙太奇，即使是抱错孩子或者痛失爱子这样撕心裂肺的戏剧化事件，也只能通过日常的细节来承载和消化，是结结实实、一分一秒都躲不过的痛苦。所以，我们应该对这个承重的骨骼报以敬意。

这个"敬"字，是什么？我近年来一直在练习书法，临摹碑帖，有时也看书法道之类的理论书。有次看沈尹默引程明道的话："某书字时甚敬，非是要字好，即此是学。"和"执事敬"一样，就是说要全心全意地去做当下的每件平常小事，定于一，即心即物。

是枝裕和一次次地挑战这个落地动作：比如一个抱错的孩子，到底是时间还是血缘能给他更深的印记？这个严肃的问题，只是由儿子看着养父的眼神来回答。《无人知晓》里四个被遗弃的孩子，衣食拮据，喜欢画画却只能画在水电停用单上，用泡面的水再去拌饭，最小的孩子摔死了，他们拿个箱子把她装起来埋掉，装不下，姐姐说："小雪也许长大了。"不是谴责，也不是特吕弗式的"存在即合理"，自顾自长出一个暴虐的三角恋爱，而是伤痛本身并不是文字层面上的陈述，它就是一个充实的动作，有一个可见的行为去承载。是枝裕和打动我的，就是对"具体"的激情。

和声音一样，做饭也是是枝裕和电影里的戏份充实的主角之一。《海街日记》里的梅酒、镰仓特产的小银鱼，《步履不停》里的玉米天妇罗，香气四溢的感觉被油炸的噼啪声写实地烘托出来，买给孙子的冰激凌、海胆寿司，都好像很好吃的样子。《海街日记》公映时，他接受访谈，记者问他为什么喜欢拍"吃"。他说："我很喜欢拍摄吃的场景，餐前准备以及餐后整理也包括在内。关于这部电影，始于一场葬礼，然后进行了法事，最后又描写了一场葬礼。在这过程中，吃的场景，也就是说活着，为了活着而做的事情不好好描写的话，整部作品都会朝向一个凄凉的故事发展。"那这是否可以拿来解释，在一个参加祭日家族聚会和以葬礼结束的《步履不停》中，人物也是一直在吃。活生生的日子上方，都有死亡的羽翼在盘旋，只能奋力振臂做生的动作，与死对抗，消解对方。

我由此想起，我妈妈是个售货员，她上的早班是七点到十三点，晚班到晚七点。我少时的午饭常在她那里搭伙，小店里几个女人把各自带来的饭菜放在很大的蒸锅上蒸，那种百家菜的气味，至今在我的印象里就是家常日子的味道，有点疲沓却又结实。我现在写稿时无暇做饭，会在饭上铺一层剩菜，蒸一下，草草对付顿午饭。那个气味一出来，就会想到童年那些无所事事，和几个阿姨在店里拉呱，给她们说学校趣事的午后。而对更加激烈的事情则完全没有记忆。

一切的大悲大喜都会过去，留在时光的沙滩上的，只有这些菜式、闲话、声音和气味。

是枝裕和的电影和书，观影和阅读时的节奏总是会不由自主地停顿，由跑步变成散步。这并不是耐心和静气那么简单，也涉及处理时间感的技术——托尔斯泰之所以是个小说天才，他的绝活之一，就是对叙述时间的控制力。读者几乎能把手伸进他的叙事流里，不觉得过激或过缓。而很多不出色的作家，时间处理要么拖着读者跟跄而行，要么是让人等得不耐烦。

而是枝裕和调节步速的方法，我觉得是利用镜头语言的标点符号——如果要用一个标点符号形容艺术家，茨维塔耶娃是代表喘息的破折号，西西是平和清晰的句号和逗号，是枝裕和则是省略号，说完的一件事并不很重要，重要的是没说出的留白，是逗号、句号之后的"……"。他的静默也是具体的：一个事件之后，往往会出现海边小镇的两三层住宅、远处明丽的海景。把事件带来的情绪峰值冲淡到亘古存在的日常之中，淡掉和消化它。"静默可以从没有生命的物体中散发出来，比如从一把刚被使用过的椅子，或从一架琴键蒙尘的钢琴，甚至从任何一件曾满足人们需求的物品之中。这样的静默会说话。椅子可能是一个欢笑的孩子留下的，钢琴的最后几个音符曾经喧嚣而欢快。事物的本质将在静默中延伸。它是一阵无声的回响。"（马卡姆）

梅·萨藤：冬天的心

一直听闻梅·萨藤的日记选要重版，但这传闻至今未落实，所以我去淘宝买了整套的。书是影印本，抱回去的路上，遭了雨，小小的雨点化开了刚刚喷打出来的彩墨封面，成了泪痕一样的小涟漪，泅开了封面上的海岸线、落日、起伏的山峦，我抱着这些小眼泪，回家。

梅·萨藤是以日记成名的美国女作家。我手头的这四本日记，写于1970年到1988年，也就是她五十七岁到七十五岁的时光。她在日记里记录了她与花草、大海、日出、猫狗、书，还有孤独相伴的隐居生活。

犹豫着不敢写她，是因为她的日记多是写琐事，并没有大块成形的事件。在这种资料寥寥的情况下，如果写，就只能走小成本路线，就是拿评论家的主观感受为主线，穿插一下对梅·萨藤的介绍，把仅有的资料尽量摆在台面上展示，而把匮乏造成一个美丽而诱惑的阴影部分，类似于中小企业的资金周转法，或是砖雕中的"平地隐起华"，也就是浅浮雕。我采取的是一种比较笨的法子：把四本日记里的有效信息尽量扫罗搜集，像剔蟹腿肉做狮子头一样，努力写下。

梅·萨藤需要很大的独处空间，她是那种高度易感性格，是在交流中会耗费很大电流的人。如果家里来了一个预期之外的客人，比如一个远道而来无法拒之门外的热情读者，她就会因这个小小的插曲，脑力消耗，而彻底乱了一天的工作节奏，像是踏错了一个节拍，就再也跟不上，也没法把那个断头接上，让纺锤正常工作。但她并非全然是个隐士，她时而出门社交，欣赏别人的家庭生活，她热衷于写信——这是一个既"隔"又"黏"的行为：虚拟的见字如晤，心曲流淌，既开了一扇对外取景的窗，又能有适度的隐身和遮蔽。张力比面谈小，耗电量也是。与她相处愉快的是米尔德里德那样的帮工，气味清淡，手脚轻捷，掸尘清洁、整理杂物，处理好一切却不发出声音，保持距离的善意，在时间里累积成温暖。

所以，独居是适合她的容器，这清净代替了过去二十五年（二十到四十五岁）里将她消耗殆尽的强烈感情，宁静空间可以修复她的灵魂。她一点点地回落，重新落座于"自我"之中。但是，一个日益失去行动力的老人，身边没有丈夫、孩子，朋友陆续死去，同性恋人得了老年痴呆，别说谈情说爱、精神交流，就连生活自理都有问题，只能被送进养老院，连养过的猫狗都一一离世，只剩下壁炉上的遗照相伴，没有活人的体温相依偎，只有远距离的读者以及对自己作品的价值被认可的渴望。七十五岁那年，她夜半中风，还得用未麻痹的那半边身子挣扎着收拾住院用的一个衣箱，当她提到"我的家"时，里面的三个成员名字分别是她自己，还有一只猫和一条狗。四本日记，如果循时间顺序看下来，到《梦里晴空》她中风后，越来越简短，她真的老了、衰弱了……这真是一个美好的晚年吗？

关于艺术家对暮年的理解，我想起法国导演克洛德·索泰，他在晚年拍的一些电影，比如《真爱未了情》，电影里年轻貌美的奈丽邂逅了退休的老法官阿尔诺先生，产生一段情愫。那是一个冬天和春天相爱的故事。电影的开篇，阿尔诺就对奈丽说："散步很好，到处逛逛看看。"然后顿了一下，他又说，"当然，你没时间。"奈丽说："我在浪费时间。"阿尔诺说："你还有时间可以浪费。"白发的阿尔诺，已经度过了一生的惊涛骇浪：犯人躁动的法庭、客户围攻的生意败局、反目成仇的合伙人。他到了生命的冬季，上岸了，正忙着处理一生的藏书，免得死后散佚。而一头柔软金棕头发的奈丽，还要去参加派对、做爱、游泳、租工作室，当阿尔诺对着奈丽口授自传，交代一生的种种惊险时，他们中间隔着一条叫作时间的大河。拍这部戏的时候，导演索泰是个年逾七十的老人。

索泰对爱情和生活的态度，似乎可以用他另外一部电影的名字来代言，就是《冬天的心》。这是对衰老而无力的爱欲的理解吗？但同样的高龄，侯麦还是可以拍小儿女情长、娇憨动人的《夏日的故事》，亨利-比埃尔·罗什照样能充沛地写《祖与占》，更别说杜拉斯与和她儿子差不多大的情人热烈地过性生活了。而我心爱的西西老师，缝完了玩偶熊，又开始缝猴子了，老得兴致勃勃，玩兴不减呢。

每一颗冬天的心，都不一样。

而梅·萨藤隐居在海边，家里遍植鲜花，有小鸟和海鸥为伴，这些是否为你编织出一幅田园美景中的暮年，浸润在甜美的宁静之中？

而事实上，那是战斗，四本日记里，似乎是过不完的冬天：大雪封门，积雪盈尺，只能穿着靴底有防滑纹的冬靴缓慢地挪动在冰上、屋内；被抑郁的车轮往返碾压的女作家，愤怒地对着稿纸还击误读她的评论家："因为劣评会影响销售，使得我负债。"这冬景，正好逢上人生的冬季——晚年，彼此交织，达到一种很深的凉意。

只有一颗勇敢的心才能去打败这冰冷的孤独，获得灵魂的成绩，而梅·萨藤的价值不只是思考，还有斗志。孤独，不是一个人坐在花园里摆姿势，它不是审美上的存在，而是你每时每刻都得独自应付的麻烦，是半夜失修的电路，一片黑暗中突然停掉的暖气，是你从远方讲学归来，屋里冷如冰窟，残留着陈腐的烟草气味，没有温存的体温，没有鲜花，只有冰冷的孤独，你必须取暖，包括给屋子和自己，把生命力重新唤起。

这不是牧歌，是战斗。更别说还要一次次和抑郁症单打独斗，对自己的心发布特赦令——抑郁症，通常都是由完美主义加上对自我的过度关注引起的。这很容易造成对细节苛刻。她的内心常常会失控、爆炸，所以必须得自我管理，防止汤溢出锅。在这四本日记里，常常有关火的动作——梅·萨藤自救于抑郁的方式，是去用微小的行动化解，比如浇花会让她转瞬喜悦，然后在日记里爬梳内心的情绪流。独居的意义是，内心的风暴无人可以转移、分流、化解，最后它会强迫你的内心裸露，如果你像梅·萨藤一样敢于与之对峙，就会有所收获。

孤独的自由，并非全无代价的赠品，它是要有承受能力的。梭罗、尤瑟纳尔、梅·萨藤……每个人的自由容量都不一样，自由像自助餐，合理地取用合乎胃容量和消化能力的菜才最重要。在给读者的回信里，梅·萨藤对年轻的女孩说，独居不是逃避社交摩擦，人际麻烦的解决就是自我成长，如果没有麻烦，那你解决什么？我们不要忘记，在四十五岁隐居之前，梅·萨藤度过了二十多年游荡不定、情事纷繁的半生。隐居也并未僵滞她的活动半径，她是将脚踏出家门的大女人，常常参加女权聚会，信中她也滔滔不绝地讨论着政治，关心时局。梅·萨藤铿锵有力地说，孤独不是逃避责任和自我放任，它和爱一样，是给付的动作，在严格的自律中工作，把自己的内心献给这个世界——这四部日记里，写作停顿时间最长的是1985年的二月到四月，那是她中风无法动手时。

同时，种花莳草、洗碗做家务、喂鸟，这些劳作也有其神圣性。梅·萨藤的日常生活是有音阶的，保持着自己的节奏——生活的、内心的。早在四十五年前，梅·萨藤就无意中预言了电子时代的焦虑旋涡："机器做事迅速，超越日常节奏，如果开车第一下启动不灵，我们就会发脾气，像烹饪、织毛线和种花草，这类不能急就的事已所剩无多，而它们是有特殊价值的。"

她时时会刻意放缓做家务的节奏，让它成为心灵禅修，而不是必须应对的冗事。每本日记的一月，在漫天大雪封门的季节，她都在津津有味地阅读种子目录，在想象中遥望那一年的那片梦田，有仙客来、玫瑰、蔷薇、铁线莲、牡丹、羽扇豆花、郁金香、蝴蝶花、黄水仙、金盏草、藏红花、紫罗兰，还有试种的蓝色罂粟，更有远处大海上涌起的雪浪花——她曾经说她是食颜色为生的。

最不起眼的角落也能激发她的喜悦——年轻时她在伦敦住在一个动物园隔壁，时常会去那里，用一个小时素描一只熊，只是为了沉溺于细细观察带来的快感。梅·萨藤拉住了时间之箭，将最微小的美定格，她的日记里有一段是写蓝："为什么偏偏是蓝色？蓝色的花儿，阿尔卑斯山下的龙胆花，夏季园圃里的飞燕草、勿忘我、千日红——似乎最为瑰丽。我也被蓝眼睛吸引。还有天蓝，安吉利科画中美妙的淡蓝，皑皑白雪反射的隐隐青蓝及蓝鸟。这些都是我开车穿过堤坝看见那只蓝鸟的羽毛时想起的。经过阴霾的几天，海水的蓝让我喜悦。"

而正是这种"收"，才平衡了独处中无人约束的"放"，让自由呈现出"自我"的形状。

现在说说女性日记，这类文体我看过很多，主要技术问题是：一、裸露癖，聚光灯全打在自己身上，热衷于描述琐事。二、表演欲及矫饰灵魂的自卫手势，正能量出镜，不敢直面生活的狰狞，怕吓着别人，更怕吓着自己。三、论及他人时的分寸感，写书籍、电影评论时，可以"刻薄"，评论就是要观点，要下刀，但是对着一个有血肉、有耻感的活人进行活体解剖，拿别人最难堪的隐私作为论据，是很残酷的。那种"客观"其实是挖人疮疤，踩人耻点，杀人诛心。

而梅·萨藤这些日记的价值何在？在于她回答了以上三个问题。一、她吸引我的既不是思辨也不是写景，而是这些按比例混合而成的一种生活方式。她写的不仅是日子的素描，还是某种经验的梳理，从强烈的感情生活归于清隐，爱意缓缓滴入花朵、园艺、动物——我们都有理家收纳、拾掇家居的习惯，但她的美，得自收拾和整理内心。二、她的日记平行于生活，梅·萨藤把小说当成一场格斗，诗歌是迷人的抒情。日记呢？她说那不过是低级工作，太容易了。但也正是这种不经营，反而营造出一种松弛之后的真实感。三、用一种隔岸关照的手法，梅·萨藤反观自己和他人，并未有双重标准。它也练就了梅·萨藤的客观审视力，不自怜，不溺于对痛苦的把玩，这对支撑她的孤独晚年亦起了架梁作用。

如果说阿娜伊斯·宁的日记是迷狂混乱、主观事实林立的情欲森林，波伏瓦的日记是清晰分隔叙事空间、精确优美的现代建筑，伍尔夫的日记是与自己的心灵对饮的小书房，那么梅·萨藤的就是海边栈道，背景优美，通向远方，用梅·萨藤自己的话是"在暴风雨中的情人和我望见的白色孤挺花之间有一个可行的过渡"。

永井荷风：慢走慢爱

寿岳章子：温暖牌回忆录

慢走慢爱—— 本雅明：直视莫斯科

伯格：我们在此相遇

那些用脚步 奈保尔：无寄

托尼·朱特：前往与停驻

丈量心事的书

永井荷风：慢走慢爱

我喜欢散步，每天，我都要长时间地慢走。散步确实是我每日读书用脑之余必做的事情。去年，读到这本写散步的《晴日木屐》，当然也就心仪。这本书隶属于"慢读"文丛，永井虽然以小说成名，而我却更喜欢这个作家的散文笔记。

日本人的人际中，有点清冷的疏离，但是对草、木、鱼、虫倒是有种"淡爱"，属于"手边的乐趣"。之前非常喜欢的一本书《东京昆虫物语》就是泉麻人在散步途中随记他看到的小虫子，又有一本日本人林将之写的《叶问》，是按照叶子的颜色、外形、大小来识别树木，文字清新有致，手绘插画也很可爱。书的篇首就说"如果知道身边树木的名字，散步或上下班将会变得快乐无比"——作为在都市长大的人，我觉得这种"附近"的气质，离日常生活不远，出没心灵闲地的闲趣，又没有远到隐居深山的绝尘，较为亲切和易操作。翻着书，一个意象在脑海里慢慢盛开：木屐的低、落地和缓行。

永井荷风常常在工作之余，手执黑伞，跂屐独行，他既非奔向都市景观，也不是流连江户古迹，不过是信步所至，随兴闲逛。东京对他，就像京都之于寿岳章子，是永井荷风个人的成长史，生活渗透到了城市的版图中，并将其记录。他自己说："昨日之深渊，今日之浅谈，拙著将其存照。"1915年写这本书时永井荷风已经开始慨叹东京的日式风格，比如庙宇和松柏搭配的古雅美感已经被西洋建筑篡改，而在二十一世纪的今日中国，吾辈亦常常有此感。

他不喜欢热闹的街区，倒更喜欢日光薄暗的小巷和闲地野景。此君总会写到散步途中路遇的树木和花草，他能记住神田小川町马路上穿过香烟店的大银杏树，也知道哪家有一棵椎树，这树自打他上中学时就有了——树让老房子的感觉呼之欲出，这是记忆的体温。

爱散步之人，都有自己的树，我那棵是株奇美的银杏树，长在我家邻近的居民区里，傍路临河，周围是一片破败的违建棚户。一年有三个季节，它都平淡无奇，但是到了秋天——哇，那个璀璨！我时常觉得它有一颗隐士的心，不求闻达，安守贫土。另外一个隐士是棵榆叶梅，除了春天开满绚丽的紫花以外，其他季节简直就是一盘丑陋的虬曲。像是一个密约，每年到了季节，脑子里就会安排这些树的档期。忍不住要跑去看它们。比起表达过度的花来，我更喜欢秘而不宣的树，它的缓慢稳静。"锯嘴葫芦"是个多么性感的词啊，一条涂蜜的舌头，其实没有回甘。小说里我最爱的人物也是哑巴辛格这类的。

他喜欢闲地，因为闲地是杂草的花园，他肯定是细细地看过每一丛杂草，才看到"蚊帐钩草"的穗子如绸缎般细巧；"赤豆饭草"薄红的花朵很温暖；"车前草"的花瓣清爽苍白；"繁缕"比沙子更细白。又有一个英国博物学作家理查德·梅比，对各类杂草都深怀兴趣，在自己园子里种了各种野草，有三叶草、小鼻花、旋花和车前草及蒲公英。他甚至为杂草还写了一本厚厚的《杂草的故事》！因为他纵容杂草自然生长还被邻居投诉，在西方，不能维持自家屋前草坪整洁是要受罚的。而博物学家只能贯彻梭罗的精神，梭罗曾经在辛辛苦苦为豆类除草一个夏天之后恍然觉悟：上帝安排了稗草的丰收，难道不是因为它们的果实是鸟类的粮食？以后他不再种豆除草了。

我特别喜欢日本文学里这种罗列植物名字的段落，又比如《造园的人》里室生犀星写花篱和竹篱，常见的篱笆有落霜红耳篱、小木条篱、木贼篱、枸橘篱、黄莺篱、草编墙、方孔竹篱……日式篱笆多用自然生长的草木为名。然后我就一个个跑去查了：落霜红就是小叶冬青，冬天会噼里啪啦地掉红果子，有趣；木贼篱是木贼草；黄莺篱是由大叶钓樟的细枝编织而成，墙顶还向上伸出一节细枝……我也爱逛淘宝网的花木铺子，那些花名一字排开的时候，作为文字控，顿时眼前缤纷起来！

寿岳章子：温暖牌回忆录

关于日本人的散步文化，寿岳章子的京都三部曲，也是以散步的路线为叙事线索的。

从《我们仨》《也同欢乐也同愁》《上学记》《上帝送我一把小提琴》《合肥四姐妹》，一直到手上在看的这本《千年繁华》，一个京都老太太沿着成长的街巷，随心随喜地琐忆，三联确实盛产"温暖牌回忆录"。

这套京都三部曲，个人比较喜欢《千年繁华》，它是寿岳章子从出生开始，循着自己的成长史，以个人为经线、街巷地域为纬线，有序编织出的一幅幅场景。日本人的这类散文都很好看，又比如永井荷风的《晴日木屐》，也是永井用脚步来量、以散步的方式来记录东京的每个角落，包括他小时上学，哪里有一棵穿过房顶的树，他也会记下——旧时俄国文学有高远的灵魂感，日本文学则长于低矮贴地的日常细节，也就是朴素去躁的"侘寂"气质。前者是灵魂之花，后者是世俗的根……这也是我内心的两个支点。

写过京都的作家，实在太多了。想想渡边淳一的《化妆》，里面关于艺伎生活，怎么梳妆打扮、待人接物之礼数的工笔细描；还有伺候客人吃饭时，应四时之景，要配不同的餐具，连室内插花都更替有致——春天的晚梅，秋天的红枫；到了年节，要请老客聚餐，感谢一年来的关照。这些细节，是很有人情味和物趣的。谷崎润一郎晚年寓居京都，许是被那种质感细腻的生活润泽着，才写出了《细雪》这样落笔家常的鸿篇吧。

林文月写过《京都一年》，写到京都人的口音，绵软甜糯，男人说京都话很阴柔，但女人说就很嗲。他们的吃食，清淡寡味，少荤食兽类，入口不甚惊艳，但回味悠长。京都以园林著称，禅味十足，大片的白沙，上扫或勾出旋纹，模仿水面。还有山石垒砌成名山的样子，仿的是我国北宗画派的枯淡苍劲的路数。长时间凝眸于斯，会顿发禅心、平生幽玄之古意。中国古人对季候的敏感，在他们身上好像保留得更完整，做俳句要用"季语"，餐具要应时更换，衣服也是。

舒国治写京都，发现"日暮掩柴扉""晚来天欲雪，能饮一杯无"之唐诗宋词意境，唯在此能寻到："又白川稍上游处，与三条通交会，是白川桥，立桥北望，深秋时，一株虬曲柿子树斜斜挂在水上，叶子落尽，仅留着一颗颗红澄澄的柿子，即在水清如镜的川面上亦见倒影，水畔人家共拥此景，是何等样的生活！家中子弟出门在外，久久通一信，问起的或许还是这棵柿子树吧。"

寿岳章子笔下的京都，和他们的都不一样。不似旅游指南的草草及商业化，也不是文人骚客游京都的清闲散淡。它更有日常的质地及时间的味道。沿街的小店，店主是谁、家世怎样、东西的滋味，全是老街坊式的熟稔。回忆了父母的婚恋过程、家中的饮食、服装习惯、童年往事，历数她家与榻榻米行、扫帚店、味噌店、木屐店、书店、染房等店铺以及寺庙的来往与交情，一一记录妈妈做过的菜，都是些家常菜蔬，腌萝卜叶、海苔饭、大根汤……回味不已的样子，更是亲情之味吧。

记忆中爸爸和妈妈吵架我觉得很有意思，爸爸应酬所以没回家吃晚饭，妈妈很伤心，因为珍惜和他相聚的每日时光，少一天都不行。读时觉得淡然，回想起来，真温暖。还有她回忆柳宗悦的片段，说柳宗悦耽美，看见美物就要盛赞不已，反则痛骂不休。话说后来在柳宗悦的《民艺论》里，读到写和纸的那篇，提到一个"纸友"（这个词好趣怪，哈哈），那"纸友"写了本关于纸的书《和纸风土记》，柳宗悦说，"对和纸的崇敬与钟爱在他的思想深处根深蒂固，现在各地残存的手抄纸作坊，大概都接待过他的来访"，这个人原来就是寿岳文章，也就是寿岳章子的爸爸。

京都三部曲中，《千年繁华》最易读，因为有寿岳章子个人的成长史，这是叙事线，注意力很容易帖服在上面，这个人善于写人事：沿街的小店，店主是谁、家世怎样、东西滋味，以老街坊式的熟稔道来，借穿父母的婚恋过程、家中饮食、四季服饰、童年往事。《喜乐京都》《京都思路》像是印象派笔法，随心散记。

寿岳章子写近人处很好，所以《千年繁华》最好，爸妈弟弟老街坊，人气暖暖，热热闹闹，第二本还有些熟悉店家，人味没散，第三部主题是京都道路，我感觉不如永井荷风写在东京散步的《晴日木屐》。想着这二人觉得特好玩，寿岳一看就开朗、喜人，永井是在孤独的散步中思考。

《喜乐京都》的插画风格，清新恬淡，总让人觉得熟稔，再一看，果然和《东京下町职人生活》为同一人所绘，就是泽田重隆，书后还附了他的绘制采景日记。

本雅明：直视莫斯科

又重新读了一遍本雅明的《莫斯科日记》，日记中，1926年，他为了追随心爱的女孩布尔什维克阿斯娅·拉西斯，穿过了整个欧洲大陆的冰冻雪原，去寻找他尚未成形的爱情，并且解决他自己的政治倾向（是不是保留党籍）。他要去考察新生的苏维埃政权，他坐火车千里迢迢从德国奔赴白雪皑皑的莫斯科。

同样是生活记录，本雅明回忆幼时的《柏林童年》，与其说是回忆录，更像是记忆的试纸，或者说试着打开折叠记忆的练习簿。普鲁斯特的痕迹是很重的。它是真正意义上本雅明式的以文学重建记忆的一种创作。它标示了本雅明的文学深度。如果说在对童年的记忆上，塞尔努达是以成年的脑在打捞孩子的心，而本雅明更像是对时间的深耕，微雕一样把微观之物放大，深掘记忆，一遍又一遍地回到同一件事情上，将它揉碎就像揉碎土块，将它掀起就像掀起土壤，深掘记忆，反复检视。

《莫斯科日记》的译者潘小松，说他并不很明白本雅明的学术，只管翻译。平心而论，这本书论技术，也不如《柏林童年》，但是，正因为这双重的不着力，反倒有种在本雅明作品中并不常见的直视感。但《莫斯科日记》

里，既不懂俄语也没有带翻译的本雅明只是凭着到处闲逛、随处直观的视觉抓取第一手印象的记录，用"相面"法去理解这座城市，"所见即所得"，没有文字技术的二次处理。

他看到了到处都是的列宁肖像、铁锤和镰刀，满街都是乞丐。消费品匮乏，买布得凭票供应，酷寒的大街像是一个霜冻的玻璃镜大厅，荒芜、败落。市场里，手工工具、厨房电器、各种用具都是摊在雪上卖的。居民小区都大得出奇，更像是农庄。圣像被列宁像包围，像被警察看守的囚犯。克里姆林宫里，有简朴供游客参观的俱乐部，只要按下按钮，列宁走过的足迹会在一个小装置上亮起，而他喜欢的象棋也得以普及，俱乐部里全是象棋桌。本雅明此时是受阿斯娅的影响？对社会主义还抱有一些善意的臆想，但是也尖利地看到了月亮背后的腐朽面。这就是二十世纪二十年代的苏联。

冷硬之下，未尝没有温柔的花絮。来说说莫斯科的花——冰花。棉花糖机转出的花样冰糖，还未入口就冰凝了，冰冷得甜丝丝；农民们围巾上点缀的图案，就是模仿窗子上的冰花；农妇们织出的花边，也是在用棉线描摹冰花。这是高寒地带才有的素材，也是蹈雪盛开的灿烂。

伯格：我们在此相遇

如果说本雅明的《柏林童年》是把成年的自己寄回童年，让他自由穿梭于少时的街衢，任意畅游，截取印象，以记录种种"成年对视少年"的化学反应，那么，《我们在此相遇》则是让镌刻在记忆之中的逝者复生，鲜活地加入生者的生活，把臂同游。这些死人——母亲、恋人、启蒙者、朋友，曾经参与你生命的人，他们"亲人不死，爱人不灭"，不但谈笑自若，充满动感，还会引导回忆。

已经死去的母亲，和你挽臂同逛菜市场，不停地大声说笑关于丈夫及菜市场摊主的故事，语气里没有一丝谦逊。她不相信谦逊这回事。在她看来，谦逊是一种伪装、一种分散注意力的战术。她教你怎么煎一条剑鱼，嘱咐你配上红椒、青椒和黄椒，挤上柠檬汁腌制。她边说边发出属于十七岁的笑，闪闪发光。

肯，几乎是少年文学启蒙的流亡者。在克拉科夫，肯和八十岁的伯格讨论达·芬奇，而当年，正是他，一本一本地借书给少年伯格，给他讲西班牙内战、读洛尔迦，对他说："如果你非哭不可，那就事后再哭，绝对不要当场哭！记住这一点。除非你是和那些爱你的人在一起，只和那些爱你的人在一起——若真是这样,那你已经够幸运了,因为不可能有太多爱你的人——如果你和他们在一起,你才可以当场哭。否则事后再哭。"让少年铭记一生。

这不是复制记忆,不是激活,也不是用暮年之眼解读青年的经验。它是一种诗化的复活。这种记忆材料的活性处理方式,让我觉得很新鲜。

第一遍我是当游记看,想伯格的游记能美到这种程度,取了最诗意的景点——里斯本、克拉科夫、清河,以城市为坐标负载意象。伯格的混血气味多么迷人,他学画出身,又是艺评家,时不时仍会评点某些作品或仅仅是视觉现象,比如南斯拉夫的风景是没有视觉重心的重复以及反戏剧化的朴素;画家出身的伯格,取景的能力也是一流的,只有他,才会这样形容梅李——"成熟时,它们的颜色是带黑的紫,但是,当你把它们捏在手里用指尖揉搓,就会发现它们表皮有一层霜:色如蓝色木柴烟的霜。这两种颜色让我想到溺水与飞翔",将颜色对官能的蛊惑力描述得如此性感;他也是时评家、老左翼作家,对政治和现实很敏感,总是念念不忘记录随见的不平,哪怕是在谈爱情时,他也能在视线的余光里瞥见一个失业的工人。

伯格其实是比较典型的评论型人格。同样出名,托宾的聪明会内化成人物的内在肌理感。《我们在此相遇》,是恰恰好,虽然对话也有点像格言体但不过分,政论只是边角，浓度高但还没到声势迫人的程度。而《留住一切亲爱的》，在我看来实在太浓了，一张凸向镜头的浓墨渲染的演讲者的脸。

第二遍当记忆之诗。什么是存在？什么又是不存在？如何在空无之中创造一切？只要有欲望和思念就够了。相遇，从来就不是你遇见我，而是你遇见你眼中的我。既然如此，重逢也不必是你重见我，只要你重见你眼中的我就行了。穿过记忆的走廊和迷宫，身体的挪移与记忆的脚步前后交错，用学术的话叫作地志学书写，用情感语系叫重逢。

有趣的是，伯格选择人物粘贴的活动地点。母亲出现在里斯本，书的封面上就是里斯本的电车在窄小的街道上开过。按伯格书中的写法，开窗的人可以触到街对面。这是一个盛放折叠记忆最好的地方。它不那么开放和舒展，而更多的是向内折的褶子。半旧的日子上方，有回忆的羽翼盘旋。写博尔赫斯是放在瑞士——一个养老之地，博尔赫斯年少时躲避国内战火时曾经寄居的地方，一个宜于幸福之地，他一直相信自己会回到这个故乡，在肉体死亡之后——像一个青春已逝、性征模糊的中年女性。这是一个高山积雪又整饬的地方，冷冷的理性透出文明感。这就是地志学书写，通过描绘一个地方，体现一种抒情气质，这个地方不再具有物理的实在性，更是一种观念的存在。而肯是被安放在克拉科夫，东欧有种旧时的诗情，想想辛波丝卡，还有辛格的卢布林。那里有柔和的黄昏和模糊的暑气。而休是个不知来历的移民，参加过西班牙内战，还介绍伯格读《巴黎伦敦落魄记》，放在东欧一个社会主义国家，正合适。空间的诗情，或者说，一种地理书写的方式，里面有伯格对城市气息的体味。

奈保尔：无寄

第五本"那些以步履记录心事的书"，我说的是奈保尔。

这里先谈谈游记文学。中国改革开放以来国门打开，国民经济水平提高，旅游资源的开发，使出游越发便利。每天，都可以看到微博、微信上有人晒各种"攻略""穷游路线"，我们几乎是身处一个"游记盛世"。而实际上，游记是一种特别难操作的文体，想要写成带有个人体味的作品又不沦为游客视角的观光日记和景点简介，是有难度的。几个比较成功的游记作者：陈丹燕是靠对人事的敏感度；西西老师对建筑有造诣，理解和关注空间的能力比一般作家强；村上春树会去数乞丐碗里的钱，留心细节，成就体温感。

而游记文学大师奈保尔，和他们都不一样，我看他就是一种游记型人格。

私以为，奈保尔的游记型人格，成形于他对空间的态度。最近我把他的书重新翻出来细读，对那些描述房子、旅店和寄居处的段落，都一一做了标示——我在想，由人对空间的态度，可以把人粗分为几种：固定的、流动的和随机的，等等。比如我，就是定居型人格，每天走固定路线，到固定的菜场，回固定的住所，用固定的时间表作息，长久保持固定的伴侣关系和结构稳定的朋友圈，在落点平稳的生活节奏中，嗅到某种秩序的芬芳。而对流动型人格来说，固定的空间对他是种桎梏，会影响他领略外部世界的风光，清空和毁灭一个前方未知的丰富世界。他内心空间绽放的快乐，和外部空间的包围，是反向的。

奈保尔的爸爸，是个悲剧的房奴，在《毕司沃斯先生的房子》里，有详细的记录。这本书其实写的就是奈保尔的爸爸，他爸爸自小寄居在姨妈的屋子里，后来寄住在梵学老师的屋子里，又被逐出，婚后寄居在妻子的大家庭，和岳母、小姨子关系恶劣。她们鄙俗不堪，他是被一群小市民围攻的精神化的文青。死之前，他终于拥有了自己的房子，是一座设计和施工潦草、门窗和梁柱都不太结实的破房子，一直到心梗猝死，他都没有还清房款。这"房子"，也是一种对独立身份、个人空间和归属感的渴望。

从大的空间来说，奈保尔是出生在英国殖民地特尼里达的印度裔，他对记者朋友常常说他没有祖国，在异地采访时常常有不安全感，出了事也没有母国的大使馆出面保护他；从小的空间来说，奈保尔自小随爸爸寄住，成长于母系家族的房子里，没有所谓的"老宅"；从周边环境来说，《米格尔街》里的所有主角，也就是奈保尔少年时代的邻居，没有土著居民，都是从各个国家迁徙或者避难来的移民，街道上满溢的都是流民的气息；从成年后奈保尔自己的书里看来，他描述自己的写作环境，往往是在旅店里，简单成一个独立的小房间，没有对外面的城市生出根系——我莽撞地总结下：这个对空间的态度，滋生了他的游记型人格。

他不仅是地理意义上的环球旅行者，也是文学层面上的，他的写作模式是跑去一个陌生的地区旅行采访，比如印度、非洲或者南美小国，再由外围资料向内挺近，在访谈的过程中不断消化，最后内化为个人经验，"抵达"核心——在他之前，当然有大量以殖民地为背景写作的小说家，格林、毛姆、奥威尔、康拉德都有这类作品，但是他们所持的是宗主国的主人视角。而作为殖民地作家的奈保尔写这些地方，更多的是客人的视角。

甚至在创作状态上他也是无法安居的：写小说时，哪怕写出一本成功的作品，他也无法在那个安全的胜利港湾里滞留，总是很快地焦虑起下一部作品。

托尼·朱特：前往与停驻

坚持要把这篇笔记做出来，是因为ALS（肌肉萎缩性侧索硬化症）。（想一想《相约星期二》、霍金，还有"冰桶挑战"吧。）

ALS，这是一种运动神经元疾病，但是其可怕程度远胜于我们熟知的帕金森病，它就是活活地将人囚禁在肉体的静止之中：发病初期，是一根手指、两根脚趾突然失灵，渐渐蔓延到四肢瘫痪，躯干无法自主活动，再然后不能言语，因为横膈膜不能泵出足够的空气，最后连眼睑抬起的睁眼动作也不能完成，直至失去呼吸能力。

我一直在想，托尼·朱特是怎么在得了这种病的情况下，写了那么好的一本回忆录——死亡并非一蹴而就，它一步步逼近和蚕食生命。每晚，在无法挠痒的皮肤不适中，在膀胱频频的憋胀中，在无法动弹的僵直中，托尼·朱特寂然凝虑，梳理往事，第二天，向执笔的助理口述成稿。托尼·朱特是欧洲犹太人，他自称是被语言喂养长大的，自小，曾经在各地流亡的叔叔们就在餐桌边用波兰语、意第绪语、法语、英语、俄语讨论社会话题。

除了语种丰富之外，小托尼又一向以口才出众闻名于亲戚之中。他的口若悬河，连剑桥的老师都赞叹不已。这个以语言为生并长于制造语言的人，舌肌日渐无力，连元音和嘶音都无法发声，这时，他奋起最后一次努力，用自己治学中反复习得的理性，在对语言彻底放手之前写下此书。我钦佩他病中搏击的顽强，更惊讶于他搭建记忆的能力。

《记忆小屋》是一本自传，但是有别于大多数自传以时间或经历为纲的线性结构，它是以空间方式组织记忆材料的。你可以想象一栋房子，每个房间都是一个话题，然后它们有序又独立地成为一个整体。而托尼·朱特使用布放记忆材质的方式，正是轨迹式记忆术——古希腊人做脱稿演讲时，会想象自己在穿过小径，他们会把每个话题设想成小房子、草丛、花坛，安放在道路两侧。到了演讲时，演说者会穿过这条想象中以视觉形式成形的小径，展开思维漫步，并沿途提取话题。

托尼·朱特无意将记忆建构和装修成一座宏大记事、煌煌华美的宫殿，而是手工打造一个真实入微、随性鲜活的小屋。他的叙事线索，用地理方式来表达是储藏间——开放式故事空间——卧室。换算成文学语言则是，先大体定位时空坐标，交代下场景，然后是众生描摹，最后是心里私人空间的心底波澜。

比如我特别喜欢的是他笔下记录的交通工具，有火车、轮船、小汽车，还有公交路线。他写他小时候，常常用一周积攒的零花钱，编造各种借口，坐巴士去近郊，乘火车到近郊，越过城市周边的绿色边缘地带，看战后尚未重建的绿意葱茏。野趣尚在的伦敦，他这样描述和火车的爱情——"爱是这种情况，就是，让被爱的人满足于独处"，较之于与人相处时的"停驻"，他热爱"前往"时而未至目的地时，留有余地的内心空白地带。无论是铺着老式格子呢，夏天会刺痛大腿，窗子要用绳子拴住的旧车厢，还是越过多佛尔海峡，餐具上还镌刻着船主名字，可以在甲板上看着多佛尔悬崖渐渐逼近的大渡轮，抑或有穿着制服、威风凛凛的驾驶员，带着旧日图书馆安静氛围的绿巴士，这些移动工具，勾勒出了他笔下二十世纪五十年代的英国。

可能从那时起，一种丈量和体味世界的方式，已经在这个孩童的心中渐渐成形，甚至影响到他日后的治学，"倘若我关于战后欧洲当代史解析有什么独树一帜之处，那么我相信，应该是一种对空间的强调：在一个有限的次大陆框架里凸显区域、距离、区别和反差的感觉。我想我是在乘火车时漫无目标地看窗外，以及在下车后细密观察景物和声音的反差时，养成这种空间意识的"。他要是想理解法国或者奥地利，就跑到巴黎或维也纳火车站去思考它们的距离。他储存、分类记忆材料，安放《记忆小屋》这本回忆录的方式，也是空间式的。

托尼和我爸爸是一代人，在国际上就是所谓"战后婴儿潮"那批人。又比如日本的村上春树，这些人身上都有时代的涨跌水印。托尼·朱特是先天无根系感的犹太人。在1963年、1965年、1967年，他曾经三次"前往"以色列，亲身体验那里的集体制农场基布兹。他觉得基布兹简直是中世纪农村，滋养了人类的诸多恶习。1970年，朱特作为留学生来到巴黎高等师范学院，这个生产法国知识分子的大本营。但是他领略到的是这个群体的日益衰落。接着他又"前往"美国，像大多数从东欧和中欧流亡到美国的犹太人一样，他们对爱国主义有着天然的免疫力，又对各种主义的革命抱有远距离的观照。"其实美国本身也像情人，若即若离——即便到了中年，体重超标且妄自尊大，她仍余有一丝风韵，对审美疲劳的欧洲人来说，她的矛盾和新奇正是残存风韵的一部分。"

而在这一次次的空间"迁徙"和"停驻"实验之后，他成了一个世界主义者——有相当一部分出生在欧洲的犹太人走上了这条身份认知的路径。托尼·朱特多次声明，自己从未在任何客居之地扎根。而这个无根人，罹患ALS的托尼·朱特，在病逝前，在与步步紧逼的恶疾角力中（"角力"这个词太不谦虚，因为其实无对峙之可能），在被疾病扼住声带，再也无法"前往"，只能"停驻"，连表达都无法实现的最后时刻，写了这本回忆录，这座以丰沛的细节搭建的文字景观。而他唯一的自我劝解就是，他觉得自己自主选择了生命的终结，就是想象自己坐在那辆小火车上，一直前行，永不下车——他于三个月后去世。

无手之抚，无唇之吻

塞尔努达：美，及比美更多的

邱莫言：雪中火

阿莉娅：母与女

茨维塔耶娃：无手之抚，无唇之吻

佐野洋子：飞翔的秘密

托芙·扬松：为一张脸而写

安野光雅：云中一雁

塞尔努达：美，及比美更多的

读塞尔努达，第一个感觉就是——危险。他太美了，而美是悬崖边的蹈险，一不小心，就会坠于它自己。坠于唯美，坠于耽美，美，总是被它自己的盛放刺穿……随手举个例子，比如：法国作家于斯曼的《逆天》，那种堆满了形容词和物质的美，是丰腴到让人腻味的。

这本书乍看是断片版的《童年与故乡》，但真要归纳主题，它并不是童年生活的平铺，而是内心体验的快照——如果有一只能捕风的快手，它抓拍到的，那些灵性觉醒的瞬间，全部冲印成相册，就是这本诗集。在小心翼翼折叠好、收束整齐的时光皱褶里，一个个带着折痕的记忆被重新打开、翻阅。每篇文章都是一个小站，你下车，眺望远处，然后，在视野里，徐徐出现一个视觉重心，比如"夏日"，比如"店铺"，比如"诗人"，托住你的注意力。

那样醇厚的美，和顾随一样，只能每天读一段，否则会煳掉。那一阵子我不管去哪儿，总把它带在手边，我读它，沉浸其中，浑然忘却周遭。读到一段带感的，就含在嘴里，不舍得吞下，起身走动，帮助消化。塞尔努达是橄榄，是核桃——我是说，一种有味、也有核的精神食物。美，有了可嚼之核，就安全了。

一般人，往往处于两难。童年时有真皮层的敏感度，却没有表达能力。成年后能叙事了，但远程记忆模糊，情境已经脱水了。刚才看到一段伍迪·艾伦的访谈，说自己"意识到死亡的那一刻，童年就结束了"——这就是个正常人的干燥记忆，只有事件轮廓。塞尔努达也精确地记录了这个童年的绝境时刻，他颓然意识到时间的概念，那一刻，他被逐出了天堂。但和伍迪·艾伦不同，塞尔努达的回忆是情境丰满的。他记得那个老家长满蒲葵的院落，篷布柔化过漏下的夏日阳光，滴答的水声，而他突然意识到时间的有涯——塞尔努达用成年人的脑打捞了童年的心，他用居住在孤独里的内在目光，重新审视了记忆。我能想到的与他类似的人，是在描绘童年时，擅长还原彼时情境的蒙克。他们可能是在不解事的年纪，就记下了不理解的人事，在成年后再拿出食材解冻加工，但我们普通人都没那么大容量和好质量的冰箱。

塞尔努达是一个热爱变动并且在变动中获取营养的人。他对变动的痴迷，使他终生为旅行所吸引，西班牙内战之后，他开始游历欧洲诸国。英国人的北方性格及英语诗歌里的克制冷淡，对塞尔努达彼时的南欧浮夸风做了降温和拨正，法国街道的外在美，又让他徜徉其中，他的诗歌风格路过了古典主义、象征主义、超现实主义，最后远离了西班牙风格，小心地规避着熟练化带来的舒适省力。他终身信奉的格言是："动荡不安的莽撞，好过一成不变的谨慎。"他不停变换着文字的容器，以盛放流淌溢出的诗情。他一路精简着语言，在饱满之中留白——一把剑，不是看铁匠铸剑的工艺，而是闭上眼睛，回味剑客舞动它的手势。词语止步处，诗歌开始吟唱，塞尔努达让我学会去看见那看不见的。

当塞尔努达拎着简单的随身行李、喝下最后一口冷牛奶、越过荒凉的西班牙边界来到英国时，以为只是短时间地避让战火，没想到这一别就是永远。当《奥克诺斯》这本诗集来到我手中时，那绒质的砖红，让我的视觉跟着小小踉跄了下，我被那个色阶绊了一下。后来才知道，这种红，就是塞利维亚乡间的红砖房子的颜色。我喜欢的另外一个作家，香港的西西，嗜好项杂，其中一个是搭玩具屋，她最喜欢乔治亚式房型，是因为她少年时代住在上海，见惯了江南的红屋顶。这绊了我一下的红，是塞尔努达童年的底色。

离开西班牙只是一种地理上的放逐，但对于一个诗人来说，更可怕的是远离母语——在所有文体中，诗歌对母语的依赖度最高。布罗茨基从俄罗斯出走之后改写散文了，纳博科夫流亡美国后只能写小说。而塞尔努达在英国写的西班牙语诗歌，等于是在陌生的语境中自说自话。一直到生命的末端，在流亡英语国家近二十年之后，塞尔努达才定居墨西哥，这是他多年以来第一次重新被自己的母语（西班牙语）环绕。在散文诗《语言》中他曾经写下自问自答："在跨过边境线之后听到你的母语时，这么多年都没有在身边听到过的语言，你是什么感觉？""我感觉好像毫无中断地继续生活在有这种语言的外在世界，因为在我的内心世界，多年来这种语言从未停止回响。"

所以，肉体和语言的双重放逐之中，没人比他更懂孤独，更会写孤独。

"对我而言那木兰不仅是花，更能从中解读出生命的图景。虽然有时希望生命是另外的样子，更顺应人事万物的惯常之流，我却知道，正是像这树一样孤僻地活着，不被见证开花，才得出如此高质量的美……"真想冲过去告诉这个西班牙人我们中国有句诗是"涧户寂无人，纷纷开且落"。原来二十一世纪的西班牙人，在仙人掌茎穿起的雪珠花香气中入梦的心，和那个公元七世纪，蓝田辋川垂钓隐居的隐士诗人，他们的灵魂，也会撞脸。

有天夜里，读到这段，几欲落泪："孤独在你与他人之间，你与爱之间，你与生命之间，这孤独将你和一切隔开，却不令你悲伤，为什么要悲伤？算起你与土地、人，与一切的账目……你欠孤独最多，无论多少，你成为的所有，都源于它。"而他写青春期灼热的、彻夜辗转难安的情欲涌动，甚至静默中的一棵树，都能让我热泪盈眶。他是比火焰更热、又比灰烬更凉的一个人。盛夏与寒冬，凝结于一身。作为一个性向为同性者，他曾经这样写过绝望的爱：

我爱你
我用风对你说过爱，
如沙地上小动物的嬉戏
或暴躁得像鼓鼓的风琴；

我用太阳对你说过爱，
镀金、年轻的赤裸身体
为所有单纯的东西微笑；

我用云对你说过爱，
天空支起的忧郁额头，
悲伤涌动；

我用植物对你说过爱，
透明的轻巧造物
覆上突然的羞赧；

我用流水对你说过爱，
光亮的生命蒙上阴影的河底；
我用恐惧对你说过爱，
我用快乐对你说过爱，
用过厌倦，用过恐怖的词语。

但是这样不够：

比生命更远，

我想用死亡对你说爱；

比爱更远

我想用遗忘对你说爱。

那是被禁止的欢愉，无处寄身的爱，只能以笔蘸血写就。

书名叫《奥克诺斯》，这是希腊神话中的一个配角，他每天在干吗？编草绳喂给驴子吃。无论你把绳子编得怎样花样百出，对驴子来说不过是饲料而已，即使是全情绽放的那刻，塞尔努达也知晓，这一场文字的华丽起舞，是在悬崖边的一棵花树。这是生命的徒劳，也是文字和美的徒劳。

然而，总有什么会留下。

塞尔努达，这个在西班牙诗坛都"找不到朋友手臂"的人，因为自身的孤独，所以将希望寄翼于某个遥遥未知的读者："我知道你将听到我的声音临到，在你心灵深处鲜活，那无名的悸动由你掌握。"曼德尔斯塔姆，另外一位不合时宜的诗人，曾经将诗歌比喻为扔向大海深处的漂流瓶，把读者当成偶遇的拾荒者，对着那封瓶中信，惊喜地看见与自己灵魂的撞脸，在灵泊中暗生缱绻。而我想说："此情，已查收。"

邱莫言：雪中火

有这么一类女性，她们可以被称为"雪中火"。

最近因为无意中听到周华健和李度唱的《难以抗拒》，有种抽丝剥茧一般的千回百转之深情，突然想重看《新龙门客栈》。无论是电影版，还是电视连续剧版，邱莫言这个角色都美得惊人。一身缁衣，头发简单地梳了发髻，手扶剑把，一进客栈，就震慑了众人。她俊朗中不失秀美，"侠女"的英气尽得。这样由外到内的少修饰，依然美，美在"深情在睫，孤意在眉"。

而在对着她保护的两个孩子和所爱的男人时，内心又柔软得要命。她的美就像她的剑与笛，大漠风沙，江湖波澜，耳朵里听得出沙子的擦响，为了防身杀敌，可以瓜瓢盛血，但是，偶尔的一缕笛声，就溢出了内心的澎湃。

金镶玉对周淮安说："特别是你的嘴巴，就好像一个绝世剑客手中的剑一样，出招的时候呢，决不含糊，而且一击必中；不动的时候呢，就沉静得可怕，但也非常可靠。"这描述也适用于邱莫言，他们像是从同一块布料上剪下来的。

男人如此是厚重，因为他们本该是舵，是墙，是承载的那面。而对女人，这厚重就让人难以负荷了——女人的独立和勇气，向来是难以消费的奢侈品。《乱世佳人》里，白瑞德的继子，也就是郝思嘉和前夫生的遗腹子，哭着向继父诉苦："他们说我爸爸是懦夫……"白瑞德回得很妙："你爸爸当然不是懦夫，不管怎么说，他娶了你妈，不是吗？"这是玩笑，但也是实情。事实上，郝思嘉的前夫对她不过是流于表层的爱美之心，而真正敢于直面并且欣赏郝思嘉的力量感的男人，只有白瑞德。弱者会怜悯弱者的可怜，而只有强者才能欣赏强者的勇气，并看到这勇气深处的脆弱。所有人都把郝思嘉当成凶狠的女强人，依赖她、惧怕她、向她索取，只有白瑞德会在郝思嘉做噩梦的时候抱住她，当她是被战乱和饥饿吓坏的小孩。

"雪中火"们能被爱吗？很难。"乌云之下，长的都是弱草"，云并非对草有恶意，但是，一种过于纯粹和强烈的存在本身就是干扰他人自我运作的，并且会把一个正常瑕疵度的人，映衬成猥琐和软弱的人。朱由检虽然是末代皇帝，也是个王族，硬生生被这个女侠衬得无骨如弱草了。知己如镜，一个太纯粹的异己亦是。在磊落的邱莫言的映照之下，朱由检骨子里的玩弄权术、帝王之心昭然若揭，他并不真正关注黎民百姓。

相较之下，小龙女不通世情，不明大义，眼里只有情郎一人；黄蓉任性；赵敏心狠，总算都有缺口。而邱莫言却有种让人不适的完整。按照惯例，这类角色只有两个出路：要么死掉，电影里的邱莫言被流沙埋了；要么出家，电视剧里的邱莫言最后落发为尼。

《新龙门客栈》的奇妙之处就在于：人人都在爱，但人人都失恋。差不多就是奥斯威辛幸存者的常言笑，内心风雨飘摇，当然得不到金镶玉，因为女人喜欢男性强势可依，女人的爱存在对力量的势利眼，一般是由低及高的。金镶玉爱的是周淮安那样内心岿然，重天下，不失己道的君子；邱莫言辗辗转转，成了周淮安的知己；金镶玉的爱人，最后是一具中毒的烈士尸体；她娘则一辈子苦守着幻灭的诺言；骁勇的多尔衮因为骄傲而错失所爱；朱由检和邱莫言则是道路不同，后会无期；至于周淮安，他也失恋，他是对政治理想的破灭感到灰心。

这失恋，众生平等，无分阶级和智力，简直是近乎禅意了。

所以，黄蓉其实很幸福。她找的人貌似呆子，但大可爱天下，小则爱她，伸缩无碍，原则分明，重信义，守承诺。他傻归傻，但头脑非常清晰且有行动力。同样，在这部剧里，唯一得到圆满的，就是和郭靖有点同质的乌汗。

电影版和电视剧版的区别，大体是：前者是武侠电影，而后者是言情连续剧；前者的主角是江湖人，而后者是会武功的言情片主角。我觉得电视剧剧情的大体走向其实挺酷，只是落实在细节上，台词和演技都流于文艺腔了。但是电视剧是通俗艺术，大概也只能如此。

阿莉娅：母与女

每个俄国作家身边都有一个牛气的女人。托尔斯泰、陀思妥耶夫斯基和曼德尔施塔姆有老婆，契诃夫有老妹，阿赫玛托娃有在大清洗中用密码帮她备存诗歌的好闺蜜利季娅，连高尔基还有个如铁红颜别尔别洛娃呢。而茨维塔耶娃，除了数本诗集之外，她还有个活体诗作：女儿阿莉娅。"在严酷的未来，你要记住我们的往昔：我，是你的第一个诗人，你，是我最好的诗。"这是茨维塔耶娃为年幼的女儿阿莉娅写的诗句。

茨维塔耶娃这个女儿阿莉娅，写了一本回忆母亲的书《缅怀玛丽娜·茨维塔耶娃》。书里收录了很多她八岁时的信件，收信者是她教母诗人沃罗申的妈妈，还有阿赫玛托娃阿姨！这个孩子不是洛丽塔式的性早熟，而是另外一种智性的成人化，近乎巫气。

有时，长期和一个气味浓烈的人共处，会被她浸染和覆盖，最典型的例子就是杜拉斯晚年的情人扬·安德烈。扬·安德烈的书里，有浓重的杜拉斯腔，就像是被杜拉斯附了魂似的，如那种半醉似的梦呓、双视角混合叙事、烂面条似的混沌意识流。如我们所知，有的人长于吸纳，有的人热衷独创，如果一个定势弱的人接近一个个人风格强劲的人，那么他就有可能被渗透，就像茶叶要是和花混装，就一定会沦为花茶一样——因为吸味敏感的缘故。比如托尔斯泰雅的回忆录里柔美的工笔景语和绿色田园抒情调子，就很像她老爹托尔斯泰的一些段落。

但同样的显性早慧，阿莉娅和茨维塔耶娃的气味还不太一样。茨维塔耶娃是一阵阵像电流一样刚烈强劲的冲击力，典型的莫斯科风格：有诗歌的张力，韵脚的爆炸性，移行的攻击性。而阿莉娅，是一种用版画笔法写意，快笔抓取人物神采的速写能力。

《缅怀茨维塔耶娃》节选我最早是在《寒冰的篝火》读到，印象很深，倒不是因为它的内容，而是它的笔法，像单向用刀的版画刻法，而不是在几百页的书里通常使用的那种迂回承让、脂肪丰富的写法。请看这样的行文："她为人慷慨，乐于帮助他人，最后的急需物品也能和人分享。她没有多余的东西，从不软弱无力，但终身孤独无助，对物品，最看重的是它的结实耐用，不喜欢易碎的、容易损坏的东西。她爱大自然：山峦、悬崖、森林，爱野生的花儿而不是瓶插的花儿。"但还别说，我对茨维塔耶娃的印象得成，靠的就是这笔笔不虚的轮廓勾画。顺便说一句，阿莉娅自幼绘画天赋出众，我很喜欢她那些即兴小速写，很传神。她的后半生也是以教授美术课为生的。

我当时非常好奇，这样一种判断句叠加的写法，怎么跋涉完一本书的长度。结果我看到全书之后，发现她后面改笔法了，变成了正常厚薄的叙事。但其中最出神采的部分，仍然是判断句。她每次歪起脑袋下断语的时候，最可爱。

阿莉娅在回忆母亲的文章里说，"她每天都认真地写信和回信"，我最初理解为茨维塔耶娃非常热衷且认真对待一切文字工作，后来明白信件正是一种纸质的"无手之抚，无唇之吻"，距离之外，以梦为马地奔驰在想象中的爱，茨维塔耶娃最醉心的那种，而她"不喜欢现实中的相遇，像头撞头"。

爱情层面中没啥好说的，女诗人以文字为精神羊水天经地义。我想说的是，茨维塔耶娃的母亲和作为母亲的茨维塔耶娃。

茨维塔耶娃的女儿阿莉娅，在五岁时给前来拜访的爱伦堡开门，看着他，嘴里念着"多么奇异的宁静，怀中抱着苍白的百合花，而你正在漫无目地瞧着……"，把可怜的爱伦堡叔叔硬是给惊吓到了。七岁时，又有某阿姨到她家，只听这个眉目清秀的小姑娘对妈妈说："那黄昏像大海一样。"注意，这不是诗歌朗诵会，而都是在平淡的日常语境中，这孩童的诗化的表达，实在太突兀了，难怪爱伦堡用的形容词是"毛骨悚然"。

与这极高的精神发育水平相对的，是另一个小女儿伊莲娜，她两岁时还不会走路，常常被绑在椅子上，被一个人丢在家里，以至于从椅子上摔落，跌得脑门青一块紫一块，因为妈妈带姐姐去参加诗会了。这个可怜的孩子最后是饿死在福利院的。

这些都让我感到深深的悲伤。茨维塔耶娃是为诗而生的，别说是对孩子，她对自己也是马虎甚至邋遢。她天生厌恶日常生活，蔑视物质，不喜欢做家务、收拾房间，盘子吃过也不洗。生儿子时，医生在她房间里环顾四周，居然找不到一样干净的东西，不管是毛巾还是肥皂。她这代诗人，都是生长在教养良好的中等人家，都请得起保姆和家教。而等她们身为人母时，却撞上了内战、大战、苏维埃政权，别说保姆环绕，就是基本的生存都成难题。这个时代的转折把她的生活低能映衬得更明显。

生活能力低下倒也罢了，我觉得最大的问题是她没有成熟的母性。我回想起房东对茨维塔耶娃和儿子吵架场景的回忆，那纠缠、怨怼的味道不像是母子，更像是男女。而在儿子出生之前，茨维塔耶娃的幻想是和他住在一个岛上，他不认识任何人，这样她可以完全占有他。她带他回苏联之前，感到难过，因为在苏联，孩子会有集体环境，儿童社团组织、班级，不再归她一个人所有。对女儿也一样，有次因为女儿喊了姑姑而不理她，茨维塔耶娃就感到"被侮辱了，及嫉妒"。她对自己爱的男人，也并不想与之在生活中结合，只是想有他的孩子，

"这样可以彻底拥有他"。

一个缺失正常童年的人就像提前经霜打的苹果,一半已腐,一半老不熟。简言之,她不知怎么扮演成年角色。这里得说茨维塔耶娃的妈了,她是个"填房",她丈夫心里念着前妻而她又惦着初恋。婚姻的不幸她用书本和音乐弥补,临终前,这个差点就做了钢琴家的妈妈的遗言是:"我只为音乐和太阳感到惋惜。"女神范儿、疏离冷感的娘亲造成的缺爱女作家实在太多,张爱玲也是,她估计也知道自己母性缺失,干脆就不当妈……而她们成年后,都有着对爱情的巨大不安全感,终生索爱,内心无法有成人化的共性。

她是个精神化的女人,作为她的儿女,精神乳汁过多,而生活上完全乏于照顾。她给阿莉娅写过很多日记,但不喜欢带她。五岁吟诗的阿莉娅不是因为是天才,而是母亲根本把她当成了成年人,与她一起分享自己的诗生活。在同一张粗木桌上,茨维塔耶娃刷衣服、补裙子,但到了工作时间,她就推开杂物,心无旁骛地开始写诗。日常生活的潮水退却,她活在音韵和字句的诗情岛屿上。她写着写着就把头从写字台边上扭过去,对身边的阿莉娅发出咨询:"你说,剧本最后的一个词,该是什么呢?""最后一个词,当然应该是——爱!"这个提供意见的第一读者,只有七岁。她们不太像母女,倒是有点像互相照顾、体恤,并共享精神生活的闺蜜。阿莉娅也不称呼茨维塔耶娃"妈妈",而是直呼"玛丽娜"。

很小的时候,茨维塔耶娃就给阿莉娅分配了相当一部分的家务，以保证她自己的工作时间，对一个孩子来说，她居然不以为苦，还欣慰可以分担母亲的家庭责任。这是个早熟而体贴的孩子，终其一生，在她的笔下，虽然也提到母亲的暴烈，有时因为心情不好对家庭成员呵斥动怒，阿莉娅也曾经负气离家出走。但总的来说，她非常乖巧，爸妈穷得只能离开柏林，住到山谷环绕的捷克乡下，她就默默地拎着草篮子跟在后面，篮子里装着一家人的旧鞋。去深山里采菌子来节省伙食费，怕山路磨鞋，脱下来藏在山洞里，结果被洪水冲走。她只有两件衣服，一洗一换，被钩破了，就得等妈妈补好才有的穿。全家在爸爸回家的周末，就依偎在白铁皮的台灯下，读法国文学，爸爸读，精通法语的妈妈纠正，女儿慢慢学会了法语。这是患难生涯中非常温馨的场景。

物质匮乏的少年时代，十岁时跟着妈妈去德国找爸爸，二十五岁回国，却因为海外生涯被捕，历经十五年莫名的牢狱生涯。在这十五年里，初恋情人远离她，爸爸被枪毙，妈妈上吊，弟弟在战场上阵亡，和妈妈精神上莫逆之交的帕斯捷尔纳克叔叔，给她寄了点钱，她用这些钱在河边搭了个小木屋，种了树，围了篱笆。从某个角度来说，她似乎生来就只为成为苦难年代的喉舌，但是，和她妈妈的潮涌电击般的激情相比，她冷静、有型得多。接到妈妈自杀的消息，她的回信也没有极度错乱。她很美，五官轮廓像妈妈，但没有妈妈那般粗糙如男人一般的形貌，而是带有一种鲜明的灵魂深度，尤其是那双清澈的眼睛，甚至在回忆录里，摄影技术并不高明的黑白照片里，也透着光。可是，这样美和聪慧的少女，却命运多折，也没有收获爱情。

和妈妈一样，阿莉娅也和帕斯捷尔纳克有过长时的通信。她妈妈是在欧洲追随丈夫时，生活困苦，精神上也找不到等高度对手时，和帕斯捷尔纳克鸿雁往来的。书信是茨维塔耶娃特别擅长的一种文体，她是个只要找到对手就能电流滚滚的女人，不缺能量和火花。之前写俄罗斯系列时，我曾经想写一篇"俄国作家在微博"，我觉得以茨维塔耶娃的即兴组织语言的才能、出口成章的格言体，一定能飞快走红微博。她脱口而出的句子都极为靓丽。她和帕斯捷尔纳克的信件集，是两个高手的对舞。帕斯捷尔纳克对茨维塔耶娃的影响，并非风格渗透或是同化，而是为茨维塔耶娃提供了一个高质量的对话平台。当众人还匍匐在加减的初级阶段，他们却可以用密码交流高等数学，进入语言游戏的高层建筑。而阿莉娅与茨维塔耶娃重合的是真挚和热烈，却更加朴素、生活化，多了现实维度。从我的角度看来，也更动人。

她会写自己一天十四到十六个小时的劳动，清晨和暮霭中的鹤唳，想妈妈的时候就去树林，因为小时候是和妈妈在捷克的山区度过童年的。不是追忆，而是"感受"妈妈的存在。她告诉帕斯捷尔纳克，因为长久地被噤声、监控、审讯、高压审查，她已经不会和人交流了，一旦说话就会出现堵词……她也没有曼德尔斯塔姆夫人的刚烈和强大的思辨能力。但她一谈到帕斯捷尔纳克的《齐瓦哥医生》，顿时灼见滚滚而来，语言一点都不涩了。如同妈妈当年在精神孤绝的欧洲，经历地理和心理的双重流亡时，靠帕斯捷尔纳克的精神供给，她也是对公社播放的集体电影毫无兴趣，却窝在宿舍里痴迷地看帕斯捷尔纳克翻译的书——这是她从孩童时期就熟悉和膜拜的人。有几人能像朋友一样，被茨维塔耶娃文学启蒙，九岁时就与爱伦堡聊天，跟着参加诗歌朗诵会，听巴尔蒙特诵诗，又像朋友一样和帕斯捷尔纳克通信？从这个角度来说，阿莉娅又是幸运的。

茨维塔耶娃：无手之抚，无唇之吻

其实，我偏爱理性健全、低温冷感、优雅缜密、非艺术性格的类型。茨维塔耶娃对我来说太灼热和颠簸了。看她的回忆录，简直会被灼伤。甚至一到别人转引她的时候，文字都会立即升温。茨维塔耶娃又特别喜欢破折号，每次都读得情绪起伏，激烈暗藏，好像一个言辞激动到喘息不止的人——通常，只用句号和逗号的人，直白确定，让人觉得放心；省略号用太多感觉气势不足，丢下含糊的词义就跑了，全是长句读得累，全是短句信息碎。张爱玲是把长句用逗号剁碎了，读起来不吃力，信息又能落脚。

也许正如她自己所说，她的体内有两个人，一个传统的俄罗斯妇女和一个浪漫的波兰贵妇人。她憎恶日常生活，可是，也正是她，恪守妇职，带大孩子，并无逃避。她和阿赫玛托娃坐在一起，仿若静物画边上的演员，一个安静凝神，一个容器很浅，处处会把自己泼出去，有点表演人格。

她长得五官粗硬，烟不离手。和一般女性不同，她喜欢丘陵，讨厌泥沼；喜欢野葡萄灌木丛，讨厌切花和花盆里开放的一切。阿赫玛托娃纪念她的诗里则称她为接骨木——我特地跑去谷歌了下接骨木的图，原来它是忍冬科，浆果成熟不是平稳结果而是爆炸式的，从安静的翠绿中突然爆发出成熟响亮的烈焰。再想想茨维塔耶娃：她诗歌的张力，韵脚的爆炸性，移行的攻击性，那黑暗中的力量，正像女诗人那蹈险而来的诗行。这就是一个女诗人对另外一个女诗人的成像和敬意。

她喜欢攀登山脉，然而对无论徒步还是泅水都不能战胜的大海则无法欣赏。她有一句关于大海的甚为有名的话"我不爱大海，我无法爱，那么大的地方，却不能行走"，她的爱情诗也像是战鼓"我要从所有的时代，从所有的黑夜那里，从所有的金色旗帜下，从所有的宝剑下夺回你。我要从所有人那里夺回你，我要决一雌雄把你带走。你要屏住呼吸"——多么彪悍的英气，勇敢的宣言！然而茨维塔耶娃真的配置了一个刚猛、粗糙、钝感力强大的内核吗？其实她胆小到连过马路都害怕。

甚至她的感情途径都有某种男性化的生硬而涩滞的热情。她非常穷，别人接济她，给她女儿买了童车，她不能当面表达谢意，可是有次，一个小偷溜进屋里偷东西，她没戴眼镜把他当成一个朋友了，拿自己仅有的胡萝卜茶来招待他。

她嫁了个白军军人，跟随他流亡国外，还写了很多歌咏白军的诗歌，那种激情四溢的东西，贴合她内心的频率。其实她并不懂政治，只是把它臆解成一种浪漫情调。我怀疑她对一切的爱都是类似质地。她接杂志社的稿子，只因为听说对方的编辑部地址曾经住过莫扎特。非常任性，意气行事。"我……总是从爱（即对各种声望的爱）开始并且以了解而告终。"

她天性易激动，激情启动成本太低，总是用想象力夸大和美化对方，继而幻灭。这差不多是她与所有同时代人的交往模式。（这种热烈、夸张的想象力，在她的散文里也满溢着，她谈音乐，写每个音符，都洇开了信息爆炸式的行文，和她比，纳博科夫和于斯曼都弱爆了！）阿赫玛托娃自然是一生眼瞎，专遇烂人，以至于被楚科夫斯基指为"她专爱上抛弃她的男人，在这个领域无人可敌"。但茨维塔耶娃的路径又不一样，她把很多东西称之为自己的朋友，幻想破灭了，就分手，她的爱一向是"以永别而不是相会，是以决裂而不是结合来爱的"。

她只爱能被表述的东西，而不是具象的有形状之物。包括她的爱情，比如和帕斯捷尔纳克十六年的通信，却只匆匆见过一面，承载爱情的，始终是抽象的语言而不是具象的生活，是高悬的美术而不是日常使用的器皿。她给里尔克写信说"我不活在自己的唇上，吻了我的人将失去我""爱情只活在语言中"，她追求的是"无手之抚，无唇之吻"。她怎么谈恋爱呢？说实话我也很费解，她太穷了，生活极度清贫，衣服是借来的，数月都不能洗澡。

我很喜欢她的一首诗，叫《桌子》："三十年在一起，比爱情更清澈。我熟悉你的每一道纹理，你了解我的诗行。"这桌子是她的（或许是）唯一的始终不渝的恋人。她的骄傲和被宠溺都在诗句里，而她也深知自己的文字魅力："有些人是石头做的，有些人是泥做的，而无人像我这样闪耀！"——这话要放在一个庸常之人身上，那狂劲儿会让人生厌，但是茨维塔耶娃用来，简直有点悲壮，因为她也知道"人们爱我的诗歌，争相传颂，可是他们对我本人的爱，却那么少，那么无精打采"。

吉皮乌斯写别雷，说他是被天才的箭射中了，帕斯捷尔纳克说波洛克"他一开口，就像两扇大门打开，市声涌入，这个城市就通过他的嘴在介绍自己"，而茨维塔耶娃自己说"创造的状态是什么？谁栖居在你身上？你的手不是你的，而是他的执行者，他是谁？他是想通过你造成的"。在茨维塔耶娃的命运和才能中，充满了这种"被执"的味道。或许，某一种类型的才子女，就像麝香和猫屎咖啡，是一种通道和载体，所以，人们对她的精神分泌物爱得发狂，却对她的本体爱得零星稀落。

她一生孤独，无论是在感情还是文学坐标上。她从未加入过任何诗歌流派，在欧洲被侨民文艺圈排斥，回苏联更是白军家属兼异类分子，完全跟不上革命的铿锵音节。

1939年，茨维塔耶娃回国，此时她还在给友人写信，说自己马上要回到乡村，难道她以为将要过上田园牧歌的生活？归国后在苏维埃政权之下，她这个白军家属自然流离失所，她向法捷耶夫求告，回答却是一平方米也没有。她寄居的地方连门都没有，挂着布帘。之后是女儿被抓到劳改营，丈夫被枪毙，好心人冒雪来通知她逃走。她深爱儿子穆尔，但是已近精神崩溃的茨维塔耶娃与儿子的关系日益剑拔弩张。她终于明白，她是个歌咏过白军的反革命分子，她的存在其实是加大了儿子的风险系数。

她对利季娅说"我只剩两百块钱，如果我能卖掉我的毛线就好了，我什么也不会做，过去我还会写诗，现在也不会了"——又一只被残酷的大清洗毒哑的夜莺。她的绝笔是："文学基金委员会理事会：请分配我到文学基金会即将开办的食堂当刷餐具女工。玛·伊·茨维塔耶娃，1941年8月26日。"这个请求没有获得批准，她在五天后上吊身亡——茨维塔耶娃在文字和非文字层面上，是两个人，她一直用文字层面的那个自己抵御和托起非文字层面那个。最后，她无处可躲，只好躲进了死亡："她把头伸进绳索，就像埋到了枕头里。"她说："我不想死，我想消失。"

佐野洋子：飞翔的秘密

我差不多读过佐野洋子（我能找到的）所有中文版作品。像很多热情读者一样，一旦迷恋上一个作家，就会四处找寻和收集她的文章，完整的文本固然不能错过，哪怕是只言片语的断章、对话集，我也找来看了。

老太太有种潇洒的痞气，下笔帅死了。摘抄几个标题给你们看看：《漏水的茶壶没有明天》《因为是大屁股的勤奋者》《我可不那么想》《不是这样哦》《母亲穿着石膏味的白鞋去哪里了？》《暂时不想参加葬礼》……有一篇刚写开头，她尿急去上厕所了，接着，尿完她就开始顺势写起小便来了！她写她小时候，在泥地上随意找一处小便，尿出一个小凹处，蚂蚁爬进去淹死了，后来干脆直接找蚂蚁窝尿。然后小哥哥也跑来了，挤开她，掏出小鸡鸡，把尿也准准地尿进那个小蚂蚁窝里。这个小哥哥在十一岁时，因营养失调而死，他有一双很大很深的眼睛。晚年罹患癌症、被切了乳房的佐野洋子，叉开腿坐在马桶上，想着和她一起抢蚂蚁窝尿尿的小哥哥，记忆永远停滞在童年。一个将死之人，怀念六十年前死去的人，没有一丝贫弱的感伤，只是想着："真想找好多蚂蚁窝给他尿尿啊！"

她真是肆无忌惮，全是信手拈来，常常写着写着就这么着走神了，一点都不照顾读者的阅读线索，文思像个小孩子走路，忽而跑你前面，忽而随后，忽而又不见，然后你没法真和她生气，甚至，最后我发现，她的走神处，居然都是她的最可爱处。

她从心到口，都是一条直线（一般作者面对想象中的读者，要不断避让道德暗礁，做路线调整，害怕三观不准，触怒读者，又有一部分吐槽文作者，是专对着怒点写，以博取眼球，而佐野洋子是压根儿就不把读者放在眼里），她就像某种歌手，往台上一站，就是一副"老子怎么唱他们都会喜欢听"的气势。我一边读一边骂："你真敢这么写啊？"太安全的写法，往往乏味，她这个痞子气，倒像是一种又萌又坏、童言无忌的小朋友，带着反派的迷人感。

但是，我到阅读她的文学作品很久之后，才开始系统看她的绘本。我几乎已经忘记：她是一个绘本画家出身，武藏野美术大学毕业，留学德国，也只是为了进修版画，最近我在安藤雅信的书里看到，当年，考美术大学并非易事，而佐野洋子的全部生活费是来自她那个脾气乖戾的寡母，可见她求学生涯颇为艰难。

第一次，我仔细地审视了作为画家的佐野洋子。说句实话，可能是因为学版画出身，她的笔触粗粝猛烈，而大多数为儿童作画的绘本画家，笔法都是非常清新柔美的路数，处处赔着小心，温柔地设下重重机关，力图以春风化雨，把爱与美植入儿童的稚弱心灵。

佐野洋子可不。她的画一点都不精致，看上去像只抓兔子的隼一样，凌厉地扑下来，完全不讲究动作的美感，却抓到了最重要的猎物，也就是作品的意义核（其实，佐野洋子的文字，也像她的画笔一样，没有精细的炼字，那个用词，看上去简直是随手抓来的），她那本一气写出，卖了几百万本的《活了一百万次的猫》，一直为人所津津乐道。

她笔下常常出现一种形象：似乎是个婴儿，光溜溜或穿很少、肚子鼓鼓的（婴儿的内脏是下垂的），又像一个文明开始前的已经几十万岁的原始人：脸，是一张非高贵品种的野猫脸，眼睛也像猫一样斜睨着、乱发如飞蓬——动物凶猛的兽力、辛辣老熟的智慧、婴儿原始的天真……合成了她的气息。

这就是她，每本散文集后面，那个发声的女人，那个在中国出生、作为战败国遗民长大，哥哥弟弟都饿死病死，父亲早逝，母亲因此发了狂，动辄暴躁骂人，就是这样一个在粗粝破败环境中摔摔打打长大的野性十足的佐野洋子，我终于有了一张她的照片，不是在履历文件里，也不是在书籍扉页上，而是，在她的画里。从此，我读她的时候，那个在我脑海中盘旋的被称作"佐野洋子"的形象，终于赋了形，如魂魄，找到了安放它的形。

佐野洋子的没心没肺里，有着暗黑的核心，而这个多层次、多维度，才是她吸引我之处。

让我们从她生命的源头看起：佐野洋子的母亲，一点都没有我们默认"母亲"这个身份概念下的柔情、温婉、护犊情深，相反，她冷硬、尖刻、寒气逼人，连我这个读者看看都发寒。

佐野洋子回忆中唯一的温情时刻，是母亲擦完发油，喊她过去，把多余的油分抹到她头上，也就是拿她当作一个移动卸妆纸巾？因为这是母亲和她唯一的身体接触，会让她无限回味……这个细节总是让我想哭。饿极了、渴极了，可是没有爱的甘露，一滴都没有。到老了，母亲痴呆了，变成了佐野洋子的孩子，那温情，才一点点生出来——她不爱母亲，因为对方如同爱的绝缘体，一个铜墙铁壁的冰窟，或冰冷光滑的井壁，根本无处去进入、去落脚。

有种说法是，把佐野洋子面对癌症的潇洒，理解为勇斗癌魔的乐观无畏，就像当年把麦卡勒斯塑造成一个身残志坚的美版张海迪一样，怎么可能呢？佐野洋子根本就不是心灵鸡汤倡导的阳光积极，她自小就近距离目睹死亡，一次又一次，幼年，她作为战败方眷属，在中国度过，她最爱的小哥哥，死于配给不足的营养不良，弟弟也紧接着死去，还没来得及长成一个成年人的模样，她在半夜翻过无人的山丘，穿过漆黑的荒山，去拍医生的门，眼看着母亲被一个接一个死去的孩子刺激得狂哭。她太清楚，就算人死了，来年的花也会继续开，星星会发光，雨会落下，没什么了不起的……这是她从小层层积累的死亡经验。

佐野洋子长年患有重度抑郁症，临死前她和医生讨论死后事宜，也带着一种疏离的不在场感，好像自己的死亡都是隔岸的——她们就死亡做了一个对谈。医生说："有太多人对死亡毫无概念，所以你要多写写关于死亡这件事。"佐野洋子说："我也是因为自己快死了，才有了一点经验。毕竟是第一次（死），我也想好好观察一下。"她诚实地记录着自己最后的时光：医生说她还能活两年，她立刻一掷千金地买了跑车，结果过了两年还没死，她想："怎么办？钱都快花完了……"化疗掉头发，她剃光头，对着镜子照照："顶着这张脸过了几十年，我真是坚强啊，不过！秃头才知道，原来我的头型这么美！"

她那么成熟睿智，饱经人世沧桑，洞晓一切世情，估计她有一百多岁了，可是，她又那么新鲜勃发，好像昨天才刚刚出生，也许，她今年五岁？

她写过一本《五岁老奶奶去钓鱼》，说的是，一个老奶奶过生日，只有五个蜡烛，那就过五岁生日吧，第二天，老太太和她的小猫孙子去钓鱼，路过一条宽阔的大河，老太太站在河边，再一想："我是五岁啊！"哗，就跳过去了。

这个故事……什么嘛，有没有一点逻辑啊？但是，在佐野洋子这里，一点不错，就这样了。她既不温柔也不讲道理，可是，没有人，比她更对了。五岁？一百岁？本来就是"相形不如论心"。

又有一篇写她看杂志访谈，记录日本的老年人，不是勤奋的匠人，就是四点半起床的老太太，"还有八十岁的老先生，多年坚持照顾瘫痪的老太婆",佐野洋子说:"也从来不说老婆的大便很臭,全日本都没有一个颓废不幸、对社会毫无贡献的老人吗?真让人沮丧啊!"……我笑得半死,想起我和我的豆友们,辛辛苦苦地避开公知堂皇讲演的微博、密布励志正能量的微信朋友圈,只想躲在豆瓣网,来个精神上的"葛优躺",理直气壮地丧下去。

佐野洋子处处都"不正确",但是处处都"对"。这个奇妙的落差,造就了原始生命的生机勃勃。我们内心被禁锢的某种真实感,被她打开和释放了。痛快淋漓!终于有人敢大声地发出心声了。

不仅是她,深想一下,汪曾祺作品中有人情味的老鸨,契诃夫笔下有善良的囚犯,毛姆书中有纯洁但寡情的少女,特吕弗镜头里有永远的三人行……这些都"不正确",但是"对"。情节如行云流水,有种自身的生长逻辑。故事不吻合道德律,谈不上行止端正,但能做平情境公式,即:以人物的性格,在当时的剧情走向下,只能发生这个行为。

最好的文艺作品,都是"对"的,最难看的,都是"正确"的。那些"正确",不是在真实的土壤中长出来的,而是在道德护持下,由逻辑和思辨推出来的,漂亮的思维体操,它们相当于真空条件下的实验室数据,在生活中根本没有操作性。在辩论中,"对"打不过"正确","正确"一脸凛然地站在道德高地,雄赳赳气昂昂地教训别人,"对"的声音很微弱,可周围的人,却越聚越多。

佐野洋子是个天才。

天才是什么呢？大约有这么几个特点：忽大忽小，天才都是把一颗老灵魂，混上一颗童心，糅为一体，她就是"五岁老奶奶"，五岁哦，但又是老奶奶；无翼而来的天分，看不到清晰的成长线，所谓"提笔即老"，麦卡勒斯、张爱玲写出最成熟的作品时，都只有二十多岁；不是技术化的、均质的好，就算水平发挥有起落，也不影响它的光彩。也就是说，即使在她写得不好的文章里，那种天才的气场，闪闪发光的只言片语，仍然能把整个黯淡的文本照亮。

近年来鸡汤盛行，佐野洋子和树木希林一样，也属于被鸡汤化误读的一拨人，但事实上，她们的价值，就在于"不规则，不标准"——我怀疑，她们的答案中也有疲倦松懈时的信口乱说，在她们的对话录、访谈录及文章中，时不时地，也能看见前后矛盾的表达和立场。佐野洋子的儿子说，他妈关于他的回忆都是虚构的，根本不是他记忆中的事实，还有一次（忘记是谁说的了），说是《静子》中洋子和母亲和解的段落，也是假想出来的。

我觉得这没什么问题，这就对了嘛，活着，又不是每天参加一次高考；酷，也不可能是一张打铃收卷的答案纸。快节奏时代的酷，是综艺节目里应试作文般的酷，心里是一个答案，交上去的是另外一个，因为都知道什么行为会加分。比如你要做情感专家，给人家提供人生指南，你就必须强调男女平权、亲人和睦等，这都是应考大纲，无关个体当下鲜活感受和真实的经验积累，必须持这种态度，才能迎合读者，就和提供对口服务是一样的，这种活在他人判断体系里的酷，不是真酷。

佐野洋子说："我讨厌所谓的正义，无论是向左向右，还是向上向下，还有斜的。"我相信她也特别讨厌一成不变、心口不一的标准答案，她的酷，不是经过思想整容、形状工整的酷，像意见领袖喊口号、鸡汤文写手写语录那种，她就是把此时此刻的心理，包括即兴想象出来的心里的事实，把那张答案纸直接交出来，童言无忌，没有两张答案纸。

她并不掩饰衰老、疲沓和倦意，佐野洋子长年罹患重度抑郁，她说要没有儿子她早自杀了。她被生活折磨和消耗，也没有过剩情绪引发的战斗激情（年轻化的力量感，多半是这种戾气横生），她的力量感，是更丰富、浑浊，有时也会有来回踱步的成年质地的酷。

鸟儿何以能飞得高、飞得远？因为，它们的骨架，是中空的，如果你想得到真正的自由和广阔的远方，一定不能背着两张答题纸，那样的话，自重太大了。真正的酷，也是这样的，在放松之中，达到生命最严肃的内核。她粗粝的画笔、看似信手拈来的文字，应该就是这样。

托芙·扬松：为一张脸而写

偶然看到一张照片，是BBC一部纪录片的封面海报，突然发现那是托芙·扬松，儿童文学"姆咪谷"系列的作者。她笔下的木民矮子精住在森林里，样子像直立的微型小河马，胖胖的，很羞涩，热爱阳光。而这次，因为照片中的脸，我去看了那部纪录片。

那是一张北欧风格的脸，嘴唇薄薄一片，手指夹着烟，笑起来时一边挑起了嘴角，但如果不笑，估计是低温的——她生长在高寒地带，在冬天有三个月不见日光的芬兰，但是你知道，北欧的风土，背光的效果，却是盛产两个工种的文艺人士。一种是苦思冥想人生终极意义的室内哲学家及晦涩哲人化的导演：易卜生、克尔凯郭尔、雅斯贝尔斯、伯格曼；还有一种，是阳光明媚、向光而生的儿童文学家：丹麦的安徒生，瑞典的林格伦、拉格洛夫，还有她——扬松。

扬松出生在一个艺术家庭，家里的宠物是一只猴子，穿着格子西服的扬松在母亲绘图的桌边，开始了最初的创作。十四岁时，她已经是芬兰著名的漫画家。那年她有一张照片留存，典型的二十世纪二十年代风格，波波头，帽檐挂着纱网的小礼帽，小小一粒珍珠耳钉，早熟而靓丽的少女。那时一战结束，香奈儿开始主宰时尚潮流，女性柔媚元素被缩减，裙子下摆加大，下肢有了更多活动空间，女权思潮逐日兴起。这张照片美吗？是的。但那美不过是时代的平均数。不知何故，我更爱她后期那些刺穿了皮相，个性破茧而出的粗粝脸孔。

在一次逗弟弟玩时，扬松随手画了一个卡通人物，叫姆明，这个日后风靡全球的姆明家庭，其实是扬松自己家的投射。热爱飓风、总想待在生活浪尖的姆明爸爸，当然是扬松的爸爸，每当他看到火灾的烟雾，就会兴奋地携孩子们去看火场；永远喜怒不惊，像撒切尔夫人一样，拎着的巨大手提包里装着你想到和想不到的一切，随时可以对付任何突发灾难，这个姆明妈妈，也就是扬松的妈妈。不仅如此，扬松的同性恋人、她自己，以及日常发生的琐事，包括母亲逝世这种无法消化的情感创伤，都被漫画记录下来了。漫画即是她躲避纷乱人世（二战、对同性恋及女性艺术家的敌视）的隐居地，像妈妈的母体庇护着婴儿，也是她宣泄情感之地。

赫尔辛基的车站里，至今挂着她的一幅巨型油画，画得像一幅夜宴图，很多宾客，起舞应酬，她自己孤独地坐在桌边。她留有中性、硬朗的浅金色短发，穿着男士衬衫，喝着香槟，抽着烟，淡淡地望着和其他人跳舞的情人——当时她正经历着一场失恋。她脸上的线条比少女时要硬，轮廓更鲜明，有重金属味，像一个冷冷的容器。

然而总有什么,从眼角泼溅出来,她说:"画面中不仅得有线条和色彩,更得有情感,哪怕是强烈的绝望。"而她描述一场爱情,说"那是痛苦的欢愉"——大多数人,在他们很年轻时其实已经死去,余生不过是"没有生命感但继续活着"。而她,与生活频频举杯,在饮下命运的酒宴上,无论甜苦,她从未空杯。

BBC给扬松拍的纪录片很美,欧式房子明朗的线条,水边的船屋,黄绿二色的有轨电车轰隆隆开过市区。片子里有扬松的工作室。中年之后,扬松有了稳定的同性伴侣,她们一直相伴到死。她和她的同性恋人都是艺术家,需要独处空间,于是租了两个遥遥相望的工作室,可以在阁楼窥到对方的阳台一角,我爱极了扬松的那个铸铁小阳台,上面搁着一张涂成蓝色的桌子,中午休息时,她们也会一起在此用餐。

后来"姆明"(Moomin)这个形象风靡全球,扬松却遇到了创作的枯水期。于是,四十多岁时,扬松和同性恋人,在一个外界船行半小时才能到达的孤岛上建屋、定居。这里没有电,没有卫生间,得用斧头劈柴火烤捕来的小鱼。扬松在海水中游泳,戴着野花花环。她打着伞,去看鱼。七十多岁时,她们离开小岛,去各地旅行:日本、夏威夷、圣佩德罗……她们沿途收集了很多爵士唱片——在纪录片里,每到事有转折,比如画展失败,扬松去小岛寻求静谧,由悲伤走向愈合的那些瞬间,爵士乐就会欢快地响起,尽责地渲染快乐氛围。

拍纪录片的导演,坐船去了扬松隐居的小岛。我热爱一切与岛屿有关的逃逸故事：从秩序中出逃，逸居于心。

比如伯格曼和丽芙·乌曼的法罗岛，他们沿着海岸线散步，但不发一言。他们花几个小时看海，但还是不说话，把彼此都看成了海水。伯格曼给丽芙·乌曼拍了海边的照片，大家都说像梦游；我也喜欢十九世纪女作家西莉亚，之前写过她："她是灯塔守望者的女儿，四岁随父迁往只有岩石、到春天才长青草的孤岛。十五岁嫁人，丈夫返回陆地，她带智障儿子回岛开垦了海岛花园，托渔船捎来种子，用蛋壳培育花苗，引进青蛙吃掉害虫，待客时用大海螺装了鲜花挂在客厅里——不知她是否寂寞，我想象着'她喜欢和花朵说话'的样子。"还有，晚年隐居海边的梅·萨藤。《海边小屋》里，我记得她形容海水颜色的那些词语：缎蓝，湛蓝，浅蓝，钴蓝，深蓝，安吉利可蓝。

仔细看着片子里扬松居住的小岛，寒带的小岛和热带岛屿味道不一样，哪怕是夏天，都有股子寒意。惊涛厉声拍岸，几欲裂石的暴烈架势，石头缝里长着丛生的紫色薰衣草，沿岸仍可见北欧的针叶林。纪录片的画面色泽饱满，我几乎可以闻到树脂的清爽寒香。在扬松的书里，她写在海里游泳，会被冰凉的海草裹住腿。她们在海滩上种土豆，覆盖上海草，长出的土豆小小圆圆，溢出粉色光泽。

扬松的成人作品《夏日书》写的就是小岛生活。我无法复制出那种简单透明的微妙感觉。有一篇叫《威尼斯》，奶奶给岛上唯一的小孩，也就是她孙女索尼娅讲威尼斯的故事。她给孩子搭建了城堡，两人一对一答地编着威尼斯故事，晚来风潮，卷走了城堡，奶奶赶紧赶做了一个新的，浇上水，抹上烟灰，制造出仿旧效果……这并不是爱护童心那么单向度，倒像是保护某种心灵珍物的存在感。

在《夏日书》里，扬松写道："这是一个普通的岛，一切都是满的，每个人都有他确定的自信和固执，在他们的海岸线上，一切都坚如磐石，一切又都漫不经心。"这可能就是那张照片流露出来，并击中我的气质：岛一样的无边际的自我，又有清晰的存在轮廓，勃勃的生机，生活绝对不是被动地被命运抒写——书里有一个绝妙的故事，写的岛上来了个小客人，她穿着精致的小皮鞋，有一头华美的卷发，可是她在岛上不停地哭，在房子里怕蚂蚁，在船上躲蚂蚁又怕风，跳进海里，海水会毁掉她的头发……我猜想，她是被那种孤独又自由的岛屿气质给吓到了。

而我就在这暑气没顶的夏日之中，看了这部清凉的纪录片。脑海里涌过一些片段，及词语。写下心里的几句话，是为记。

安野光雅：云中一雁

给皮皮看安野光雅的绘本《三国志》——《三国演义》是小说，《三国志》却是历史，为画这本三国志，他历时四年，特地去中国众战事遗址做考察。

来看画吧，他坐长途车去了董卓被杀处，那里如今晒着黄灿灿的玉米；吕不韦自杀的深山荒地，已变成了森绿梯田。又有一次，他乘着摩托艇去画赤壁。在画册横版大开页的对开版面上，左页是昔日厮杀血战、火光映天的战场，右页是日之夕矣、牛儿缓步漫步河滩的今日田园，战火与静好，左右对峙着——这个今昔对比，是这本书的基调，这本绘本，其实就是安野光雅视觉化的历史感喟。

看着看着，时空开始模糊起来，顺着他的画笔，我们遥遥听到赤兔马仰面长嘶，它奋力想救起主人，听到张飞一夫当关的震天长吼，也能听到安野光雅对着千载江山、浪淘尽风流人物的一声长叹——他不是司马辽太郎，也不是井上靖，他不是那种精研和复原中华史的学者或作家，他不过是个暮年的白发老者，这书是他用毕生行过的羁旅、阅过的人事、温热的生命体验，对这个东亚邻国历史的触温和理解。

之前看他的《旅之绘本》，里面有他去过的美国及几个欧洲国家——安野光雅描绘欧、美、日的风光都是异质的美：英国石质般的稳重敦厚，意大利处处都是文化遗产的丰丽，美国的荒野阔朗。不仅景观风格，甚至绘画技法，他也会和当地美学有微妙的融合，比如他画的《三国志》里，有些是以中式水墨来写中国山水。

安野光雅出生于1926年，他自幼非常喜欢画画，因为家贫和战乱，他没机会系统地学习，战时物质匮乏，寄寓他乡，他形容自己像株无根的水草，但是"哪怕是根水草，只要能画画就行"，他和油漆匠讨漆料，到处找食用色素来画。战后他游历各国，看人文遗址（画家故居、名画取景处），汲取精神营养，并在画中实践。他常说绘画唯一需要的就是喜欢，"至于技术是体验性的，在画的过程中自然就会了"。在《三国志》赵子龙那页上，我瞄到他盖了一个私章："云中一雁"。我想起这是他至爱的四个字——创作就是一个人的跋涉，无师无承，无依无傍，就像一只孤雁振翅向云深处飞去。偶有人会心，更多人不解，雁只长啸一声，渐行渐远——现在回头想想，安野光雅的自传叫《绘画是一个人的旅行》，简直是一种预言。

其实激发我的点是：作为惯用文字为舟渡时间之河的人，我对一个用视觉来思考、记录世界的人，生出的那种好奇心——他的画并不是机械的场景复刻，而是将诸多人事在脑海里重新取舍组合了一遍。

这个随手可以举出很多例子，建筑大师柯布西耶，在他的东方游记里，画了很多旅行插图。这些图，我不是用来观景的，而是从这些视觉旅行笔记中可以揣摩他的审美改向（这次东方之行的美学影响，在他之后的创作中逐渐显影），隐约摸出他在建筑思考的脉搏。他的画三维感很强，可以明显看出对空间构造的解读欲望。另外，还有一本是动画大师宫崎骏的建筑画集《龙猫的家》（就是龙猫想住的家，宫崎骏画下了他心仪的一些民居）——正好和柯布西耶那本反向而行，一个是建筑师的画册，一个是画家的建筑笔记。

即使同样是长于用光影来记录心曲的人，他们的侧重点也不同。安野光雅是对情境非常敏感，他的画中甚至可以看出空气质感：华北平原的空气干燥，士兵眯眼鬓乱，妇人用汉服宽大的袖子掩面抵挡风沙；而南下到了长江一线，江南的花树，在润泽的空气中开出笃然的明丽鲜妍。

他素来就有一股日式较真劲儿，之前看他配图的怀德《大森林里的小木屋》还特地做了一段笔记："这次重读时，我留意到一些细节。比如这页上写家庭聚会，奶奶在做家务，里面提到'奶奶针线筐旁边的丁香果的清香'……丁香有香味但显然不是清香，再说它也不是'果'，后来我又对比书上配的图片，才恍然大悟，这个丁香果，就是我在蔡珠儿书里看到的'丁香橙'。'把一个橙子密密麻麻刺入丁香，风干后吊挂在衣橱或纱帐里，熏香兼驱虫，这就是欧洲老辈人的丁香橙。英国乡间的老房子里，偶尔还留存了一两颗。原本甜柔的清香被时间磨损得灰暗浊重，但却和木器老家具地毯之味融合，构成老房子的亲切体味。就像我阿妈房里混合了百雀羚梳发油和十斤老棉被的味道'（蔡珠儿）。不得不感慨插画师安野光雅对细节的考证功夫和精细写实。"

安野光雅的插画，是做了资料准备的。

再说回玄武湖这幅画，我揣测他的取景角度，应该是玄武湖的东湖那带。初夏，那里会盛开一大片红荷，早上是水上运动学校训练的时间，运动员们大力划桨，教练乘着有遮阳篷的电动船在后面喊叫指挥，湖面回荡着充满雄性荷尔蒙的声音——自古这里就是吴国操练水军的地方，而远处的鸡鸣塔，也就是古代的鸡笼山、钦天山，观星机构"钦天监"即在此。那些看星星的夜晚、捍卫国土的热血都逝去了，南朝四百八十寺悉数倾颓凋零，繁花似雪的梅花山下埋葬了孙权，只剩青青随风旖旎的台城柳，"依旧烟笼十里堤"。

那就以此为例，来分析下他的风格吧：对比（我拍的）实景和他的画，可以看出布景不是精确写实，山景以水墨笔法蒙上了氤氲之息，鸡鸣塔被拉长，水面后退，山的体积感扩大而坚定，形成明快的视觉冲击力，强化了题诗的寓意，也就是他心中的感喟。他想重现的与其说是"事实"，莫如说是"心理真实"。用他的话说是："我在小镇画画，但我画的不是小镇。"

曾经见过一幅画，是他重临凡·高取景的麦田，他画了一幅麦田即景，我一看就笑起来，安野光雅版本的麦田都是清淡静谧的，全无凡·高画中熊熊烈焰般的滚热激情，画者的心相造就了气质——他是那么可爱的人，他有把心爱的椅子，到哪儿都带着，像身体的一部分。为了防丢，还特地买了一把备用。"这事得瞒着原来那把椅子，"他说，"我希望它相信，我可只有你一个哟。"怕椅子伤心的温柔老爷爷，怎么能画出燃烧的麦田呢？

他是白发童心。战后工作难找，他就做了代课老师，兴致勃勃地带着小朋友们做各种科学实验，有次他熟练地画出樱花剖面图，偏偏有个较真的小朋友幽幽发言："有的花好像没有雄蕊呀！"他也把花瓣开看，确实没有！安野光雅随即去请教博物馆老师，后者说因为部分雄蕊进化成花瓣了！啊！啊！啊！啊！安野光雅忍不住奚落起雄蕊："它就那么想当花瓣吗？完全遗忘了自我！"我大笑起来，和雄蕊抬杠的老爷爷，难怪他日后画了那么多儿童绘本。

很爱他画的一本野花和精灵的绘本，和我喜欢的Gemma Koomen很像：杂草堆里的小精灵和花朵一样高，穿梭嬉戏在花间，"万物有灵则美"的图像版演绎，隐隐透出对环境恶化导致田园荒芜的忧虑。但是区别是：英国姑娘爱画铃兰、雪滴花、菊科这种清雅的花，而日本老爷爷画的都是三色堇、瞿麦、风铃草、蒲公英之类不起眼的杂花野草，更多侧重对微物的怜惜之心，野花的根茎芜杂，他很耐心地一根根画出来，这里面，是对最微小生命的体恤，他用温柔的美来感化，而不是厉色教育。这点让我非常感动。

我找出之前写Koomen的笔记："Gemma Koomen，最近喜欢的一个画家。她的画稚拙清新，消解了现实世界里的人、动物、物品的客观视觉比例，人比花小，熊也比花小，或者说，画者对大小完全不关心，因为：肉眼中的大小，和心眼中的大小，本来就不是一回事。 所有世间的秩序都不复存在：黑发女孩在银莲花下读书、小孩骑在白鹅背上、花茎间的小老鼠、拿着望远镜看月亮。一切都是轻手轻脚的：花瓣温柔地贴向恋人、雨滴也轻轻地落在孩子的蘑菇伞上……他们是害怕惊醒一个梦境吗？"

奇怪的是：我看安野光雅这本绘本时，也是屏息静气，生怕惊走了画中的精灵。我想，那是直通童年的某种灵境。

心的归巢

心的归巢

定于一

纸游

力量、勇气与爱

无法相濡的孤独才是主角

最是那一低头的温柔

这就是人生

手绘的安静时光

这是三个回归土地，如鸟倦归巢的故事。

近年来，接触过太多自然文学，《讨山记》是非常特殊的一本。阿宝本是中文系出身，毕业后短时工作，曾经为学摄影而谋职于照相馆，每天冲印照片、接触化学药剂而对此爱好心生动摇，渐渐无师自通拿起画笔取代相机。她从1994年起自由旅行、写生，曾以骑单车、徒步、赶驴等方式游走西藏、尼泊尔、印度十八个月，及单车环游写生北欧斯堪的纳维亚半岛七个月。结束云游后蛰居花莲竹村，不定期在梨山打山。1999年，她将对山林土地的关怀付诸实行，正式成为梨山女农。她租赁了一块地，规划，耕种。其中种种辛苦，诸如冒着大雨抢收，整日趴在铁梯上疏果、套袋、嫁接等，这些都不用说。

她只写了一本书，对她来说，语言是次要的，以手践行才是最重要的。在女作家里，她是执行力第一人。看她的书，全是动词、实意、处理实际问题的路径陈述，没有虚拟空漫的氤氲文气。不是在那里袖手空谈、通宵说道、唇枪舌剑、以笔为戟，而是实实在在地去下田上树、盖屋搭桥。

在大学时代，她就在假期顶着烈日苦练筋

● 心的归巢

骨，甚至为了旅途方便剃光头。与同龄女孩子千方百计地保养躯壳反向，肉体的灼伤磨蚀，却带来了她精神的不苍白。她曾经背着水彩纸和颜料攀登几千米的高山，只是觉得用手一笔笔绘制出来的风景才是通心的，而摄影只是机械复制。在藏族聚居区她也坚持素食，登喜马拉雅山也背着沉重的画纸，高强度的体力消耗使她有段时间连月经都停止了。这种肉体试炼的极限之后，就得到了禅宗里的"桶底脱落"，一丝不挂，过往的一切都不再介怀。在身体远行万里之后，心终于归巢。那一刻，简直平静得不忍快乐。

日本电影《小森林》里，平凡的女孩不适应大都市的喧嚣生活，回到深山老家，那是位于日本东北地区的村庄小森。这里远离都市的喧嚣和浮躁，为青山绿水所环绕，她像其他村民一样日出而作，日落而息。小森在日本算是经济落后的山区，生活配置也无法和城市相提并论（女孩一开始就介绍：如果要买生活必需品，只能骑车去乡公所，然后，镜头里出现了一个和中国偏远小镇差不多的，只有几幢破落的二层房子的集镇场景）。女孩独居在老宅里，半夜被偷栗子的熊惊到，夜里读书，也会被大蛾子扑窗吓一跳。她每天除了耕作之外，就是做菜，她根据记忆，一道道复制了离家而去的妈妈的菜谱："伍斯特酱油""榛子酱"，在"物"的低语中，获取心的安宁。

电影里的台词很少，远离"大词"和"主义"，亲临生活，身体语言密集。在《小森林》里，所有的菜式都是可以现学现做的，非常具体。日子就是：烤面包，揉面团，让它吐气；做米酒，米加十倍的水熬成粥，加入酒曲搅拌均匀，放置一夜；胡颓子果酱，这种果子很酸，要加加倍的砂糖，只是为了重温少时的记忆，"掉落一地的果实，只能等着慢慢腐烂，拼命长大的成果只是付之东流。于是……把你们做成果酱吧！"女孩说；雨久花酱，徒步蹚过小溪，去采花，把花茎剁成泥，加味噌调味，就可以让人在吃不下饭的炷夏中，多吃一碗。

这不是田园牧歌，而是胼手胝足地劳作。在最热的天气里除草，为了保证口粮自足，得下地种稻谷，闲时帮人运鱼赚点零花钱，除湿气的话，只能在热天点燃火炉，以口吹火，忍着炙热才能除湿。阿宝的《讨山记》亦然。她长年孤身露宿在荒山上，没火没电，生吃蔬菜为生，晚上在煤油灯下写农事笔记，对着雪山烧水洗澡，每个垦荒的环节都有你想象不到的阻碍：怕伤害土地所以自制大烟水做有机农药，结果除虫力低下；买水果遇到奸商；除草怕农药残留，结果除草机的刀片全被草地的石头磨钝，最后只能操戈，用大刀除草……累累的麻烦，一一去处理。最后在农闲时，听瑞士男友吹长管，才能听得意兴闲闲，也就有了《小森林》里，女孩除草一天后，喝一口自酿米酒的快意——二人都是在劳作后收获了满足感，远远不是去饭店吃饭、洗桑拿那种被伺候的官能满足——如果这个辛劳的背景退却，则故事失去了锁匙。

其实，我在想的是：身体和语言，到底哪一个离生命更近？

在电影里，女孩通过酷暑严寒中的劳动，复制妈妈做的菜，缓解了被弃的伤害，最终获得内心的修复，这种用实相来打捞过往的方式，使我想到自己的烹饪史。我是有孩子以后才开始做饭的，我不记得妈妈教授我的人生哲理，但我会清晰地记得她给我做的菜，少时每到暑假，妈妈就会给我蒸"吃了可以长个子"的小公鸡，还有咸鱼烧肉，那些浓油赤酱的气味是我假日的注脚。现在，每次我在水流下，一寸寸地洗着菜，就会想：正是这样简单重复的家族菜式，每日往复的身体动作间，妈妈养大了我，而我也将养大自己的孩子。快乐的童年，是孩子一生的油库，即使她长大了，也要时不时回来加油，而这个美好童年的组成，是相爱的父母、和谐无毒素的家庭氛围及妈妈做的菜。

在电影里，戴着草帽干完农活，把头直接伸到水龙头下面冲洗，粗犷得像个汉子一样的少女，扬起汗津津的脸说："语言总是不可信任，不过用自己身体感受到的，就可以相信。"

最后一个故事，是男版的。来自文德斯拍的《地球之盐》，这部电影其实是摄影师萨尔加多的纪录片。文德斯自述："大概在二十年前，我在一个画廊里发现了那张照片，那时候我并不知道它的价值，我只是觉得拍摄这幅照片的人一定是一名优秀的摄影师，也是一名冒险家。照片的背后有一个印章，还有一个签名：塞巴斯提奥·萨尔加多。"

当时，文德斯被萨尔加多的照片所震撼，买下了两张，有一张一直挂在办公室的墙上,他说"我了解了他对人类的热爱"。从二十世纪七十年代开始拿起相机,萨尔加多拍摄了全世界各地的普通人,他把他们称为"地球之盐"(高尚的人)。

《地球之盐》是一部电影,但也是静止图片的合集,穿插着摄影师的讲解和动态剪辑。电影开篇就说:"摄影这个词的词源,在希腊语里就是'光'加上'书写',摄影师就是用光线来书写的人。"《地球之盐》上来就是五万人在一个深坑里淘金,一个地基一样被深掘的深坑里,梯子上、地面上、墙上的坑洞里,密密麻麻都是淘金者……好吧,我苍白的语言无法复制那种视觉冲击力。

萨尔加多是个巴西农场主的孩子,他有七个姐妹,十五岁之前没有吃过餐馆里的食物,只吃自家的农产品。他作为独子,被父亲勒令学了经济学,毕业后在法国的银行里工作,一直到他拿起相机去体味这个世界,并一发不可收拾地痴迷其中。不可思议地,在后半生里,他会走遍全球,拍下冰雪覆盖的北极,杀戮不止、遍地哭号的乌干达,被萨达姆点燃的科威特油田。

仅仅是看一眼他拍下的油田中的救火员,浑身浸在泥泞的油污里,你就会感到那燃烧的大地的滚烫体温。而乌干达的烈日下,用自行车拖着全家财产、头顶生活用品的难民,睡在道路两边,为了逃避另外一个部落的血洗。这就是和我们共处一个地球的人类,甚至在文明程度最高的欧洲,塞族武装也在屠杀难民，营地里只剩下妇女和儿童。一个非洲孤儿，因营养不良，肋骨的轮廓清晰可见，他倚着和他一样羸弱的狗，准备去远方寻找他的部落，萨尔加多说："你看看他的姿势，就知道他有多坚定。"——我顺着他的指点看了，循着他的镜头去读，也看懂了。

当他拍完乌干达之后，眼见人类的暴力，再反思自己在这些事件中所处的尴尬位置，萨尔加多中止了他对全球人类处境的拍摄计划。他陷入绝望，觉得这个世界病入膏肓，自己的灵魂也病了。为了拯救全家的势不可当的颓靡情绪，他的妻子建议大家回到爷爷在巴西阿勒莫汉的农场，重建一片森林。而那片萨尔加多少年时代的绿色天堂已经被环境污染搞得荒芜良久、寸草不生。萨尔加多开始种树，没想到最后种了一百万棵树。绿色重新覆盖了山谷，牛群踏出小道，瀑布也将复苏。萨尔加多用自己的手重建了森林，及对人类的信心。他说："当我过世时，我们种下的森林将会恢复成我出生时的模样。循环得以圆满，这就是我一生的故事。"——这是我喜欢的结尾，人类不仅杀戮，也建造。

定于一

我是一个"文字人"。不是说以文字赖以为生,或是煮字疗饥,而是我认知世界、解释和归纳世界、与世界相处的方式,是文字。我对文字极其敏感,和别人对话或是耳闻某事时,一个放置不当的词语会使我纠结良久,一定要把对话倒车,把词语重新调换和摆放。当我经历一件事时,心中常会产生某种微观反应,但是,一直到我能用文字把它理顺和表达出来之前,我心里都会鼓胀着一种茫然,有悬置感。文字是我抚摸到这个世界的皮肤,也是我行于世间的脚。无机的文字,却架构了我的有机世界。所以,看《编舟记》,看得一路火花四溅,好像头顶噼啪小电击不止,这部电影之所以打动了我这个"文字人",是因为在我看来,它的主角不是"爱情",而是"语言"。

《编舟记》的故事内容是,某辞书出版社拟编一部新词典,而经验丰富的荒木老师面临退休,经多方物色,终于相中了木讷古怪的青年编辑马缔来接班。马缔搬着杂物箱,从现代感十足的新型办公室搬进了灰尘飞舞的老旧词典楼(这个古意十足、朽味满溢的空间和马缔挺搭的)。之后,在漫长的十五年里,马缔和编辑部同仁克服重重障碍,编写完了这部宏伟的大词典,同时,他也追到了美丽的女厨师香具矢。

遥远的太古,天地混沌未开。而在人的体内,也有一片同样的茫茫大海。名为"语言"的霹雳落于海面,才催生了万物。一切情绪思想都被"语言"赋予了形态,从黑暗的大海中浮现出来。"语言"如同小舟,载着我们通向彼此的心意。所以,这部电影才叫"编舟记"。

但是,语言如同货币,必须在消费中才能被激活。电影中的马缔,是一个语言学硕士,也是一个辞书编辑,他长期浸淫于书海,吃饭时手持一卷,上班时埋首书丛,睡觉就是在书堆里扒个坑躺进去,连房东家的一楼空房间,也被他日益增多的藏书所占据。可是,这样一个坐拥词库的语言富翁在表达和交流上却贫瘠得可怕,他存储的词汇,因为不流通,变成死币,积上了厚厚的灰尘。当马缔爱上香具矢,第一个反应居然不是去追活人,而是去查字典,看"恋爱"的词条解释!——语言成为马缔的阻滞,它不复是渡海的"舟",而使马缔成了一条"孤舟"。

话说书呆子马缔,终于鼓起勇气给香具矢写了封求爱情书,还是用文言写的,文学素养欠佳的香具矢只能向学历高的厨师长求助才弄懂了,可是,这完全无损于热力的传达。甚至,连无意中看到这情书的新职员,都顿时颠覆了之前对马缔这个"头顶着鸟屋"的邋遢大叔的反感……不是因为情书词汇量大,而是因为情书的字句,虽然比官方发言更加生硬,却是一封有初恋澎湃心跳和急促不安喘息的"活"情书——马缔终于通过"给付"的动作，激活了之前止于内循环的词语。

语言和交心，并不是一个概念，现在我最怕遇到某些脑子复杂的"打泡网型"的人，就是你拿着一个大苹果，他就能理解成一棵橘子树。我喜欢低泡型思维的水晶人，"你看见什么？""一个苹果"，香具矢就用澄澈的心眼，看见了马缔捧出的那个苹果。

香具矢虽然连马缔的情书都读不懂，却和他同类项合并，他们都是"定于一"的人——顾随在《中国古典诗词感发》中曾经说过："做一件事，心无旁骛，寄托在所做之事上，是'一'，是'诚'，即是'涅槃'。'定于一'是静，而非寂寞。"马缔和香具矢，就是两个"定于一"的活体演示：马缔无论吃饭、出行、聚餐，无时无刻不随身携带词例收集卡，一旦有新鲜词汇及时记录在案，而香具矢则是连假日里都在看烹饪书，力求成为一个好厨师。

他们都是定于"业"的人——日本人所说的"业"，是"职业"的意思，但更接近于天命，是指某种被天意击中的命运感，无法按捺的职业热情。所以他们看上去古怪不合群或难嫁，内心却是丰足安定的——被"业"擦亮的人，灵魂的卡路里都高得惊人。

骨子里，他们又有着共通的落寞感，像在摩天轮里，做厨师的香具矢对马缔说："不管多么美味的菜肴，也就是在身体里转了一圈又出来了。"而编辞书的马缔呢，他手抄的词例收集卡上记录着"当代流行语"，在这个万事速朽的流沙时代，它们的半衰周期越来越短,命若蜉蝣——生命是一场徒劳,人的本质是孤独的,无论怎样灼热的爱,都不能穿透它、溶解它、黏合它,最好的爱,也不过就是内心同质的两个人,定于业,定于爱,定于一。

我周围有很多做书、看书、研习书法的人，用多少克的纸、什么质地的、哪种纸托墨，是我耳濡目染的生活。平日拿到书，第一时间都是摩挲纸张，感受纸书的肉身——好书还是要留纸版，就好比临帖时，有的纸吃墨，落笔下去，字全是绵实服帖的，有的则是浮墨。文章也是，有的文字就是吃人眼光、走心、抓人，有的字，怎么描摹还是浮。有的文字充满即兴味道，看电子版就行，而文字速度慢、质感好、带有经营过的文字美感的，看纸版更有效果。

因纸结交的故事也有：柳宗悦的《民艺论》里，刚看到写和纸的那篇提到一个"纸友"（这个词好怪，哈哈），那"纸友"写了本关于纸的书《和纸风土记》，柳宗悦说"对和纸的崇敬与钟爱在他的思想深处根深蒂固，现在各地残存的手抄纸作坊，大概都接待过他的来访"，这个人原来是寿岳文章，写京都三部曲的寿岳章子的爸爸。

我一向对造纸史感兴趣——纸张承载交流与传播的重责，所以关于纸的书也是文明史、考古史、名物学、殡葬史（莎草纸作用之一是用作陪葬的亡灵书，帮助死者顺利抵达来世）。中日的资料还多些，纸草学（研究莎草

纸游

纸）这块就不好找了，最近看了本研究莎草纸的《法老的宝藏》，起兴把古埃及圣书体那本书又翻出来重看，有空还想去植物园看莎草。

平日读书，看到和纸墨有关的，会忍不住想抄下来，比如："新买的笔，笔尖有胶，恐为虫蚀，可先洗净置好。生纸平时也该包好，否则一经失风，也不堪用，但如把生宣晾在空中，时久质紧，叫作'风纸'，作画又很好。墨质脆，如摔碎，可用湿墨胶合，晚上磨墨，不知墨汁浓淡，可置一镜子，反光后看出浓淡"——钱松岩《砚边点滴》。又比如："连和纸也有岁时记。京都寺町二条有文玩和纸店，一家百年历史的'柿本纸司'，梅雨时独售一种名为'洛中之雨'的纸，纸色浓淡一如天青之色，仿佛看见流滤之术，抄纸的竹帘在水中轻轻摇动，做出的纸在阳光下晾干，揭下。"

我一个中国人，都已经牢牢记住了2011年3月11日这个日子，那是东日本大地震发生的日子，因为它被太多人提到（坂本龙一、是枝裕和、隈研吾似乎都提过，并且从各自的角度进行了反思），也看到过不止一本关于它的文学作品，比如《巨浪下的小学》：海啸对生活的摧毁，人心的修复和城市的重建，被不同的人反复陈述。而《以纸为桥》是写关于海啸冲垮的造纸厂，如果说小学意味着未来，那么纸张就是文明，整个日本百分之四十的纸张都来自这个厂，而它泡在海啸的泥浆之中。有些员工被冲走了家，失去了亲人，废墟是废到连个厕所都要大家用锄头开挖。而这样艰苦的重建，关乎人类对抗自然灾害的勇气和尊严。和《编舟记》一样，书里关于纸的那些段落真是动人啊。

《纸神》这本书，年前我就得到出版预告了，期盼已久。前几天小卢给我寄来了，我快乐地展读，有一篇附寄的短信，被折成了叶子。皮皮把纸折的叶子研究了半天，我说这是一个做书非常用心的阿姨折的——我一直记得《编舟记》里，纸张公司业务员和编辑们研究纸的场面，一张纸上有多少双手的调整、调色、打样……它们走了那么远的路，才用最妥帖的样貌与我们相见。我喜欢日本人写纸的书，它们有一种对生活本体的敬意，而不是空谈和理论高悬。生活是努力活出来的，不是靠概念架构出来的。因为是同一个采访者就"纸"这一个主题出短访谈合集，之前我还挺担心内容同质化的，但看了以后，觉得这个作者还是有巧劲儿的。首先，受访者半径大，谁能想到去找庭园设计师枡野俊明去问他平时用什么纸画设计图呢，答案居然是硫酸纸，这样两张叠放可以看到设计改动处。如果是找三个十个纸业从业人员来谈，访谈结果就不会参差多态，如果找三十个厨师来当然也不行，他们平时根本很少接触纸张，这个受访者是微妙的分布，和纸张有隐约的联系。还有一个受访者是纸艺家，拿纸做首饰什么的，她干脆在住宅旁边种了楮树，楮树生长迅速，她每天都忙着取树皮做纸（捣树皮，拿木棒捶打，日晒得纸）造纸模，创作艺术品，直接取眼前植物，从源头取活水（而不是用二手制成品）来创作，让活生生的生命汁液流动。这样的创作，让我觉得太惊艳了。2013年国庆，曾经带皮皮去看韩国纸艺展——妇人农闲时，把楮树去皮，蒸煮，晾晒，制成韩纸，用纸做成吹笛的牧童、牧童笛子上栖着的小翠鸟，腌泡菜，蒜瓣上还有点初萌的芽，非常精巧。

接下来就是第二点了，聪明的访谈者，写文角度刁，泛泛的内容几乎没铺垫，直接剔肉见骨，小小的篇幅必须省着用，三两下，快步踩在兴奋点上，不浪费笔墨，也不透支读者的耐心。这个写文章真的见智商。三是这书制作得非常精美，前后用纸都不同，亮白、偏灰发练色的、再亮白，翻完像是天亮了又黑、再天亮，好像在纸中游过了一天。

《面包、汤与猫咪日和》（此处是指群阳子所写小说，2015年马可波罗版，2017年购于苏州诚品），二刷。有与一刷不一样的阅读感。热爱料理的秋子，在妈妈死后，辞去工作，继承了饭店，进行了装修和菜肴的改造——妈妈是男权世界的适者，她的店装修艳俗、口味重，食物基本是批发来的半成品加热，与男客打情骂俏，是热闹迎送的经营风格。这些全是迎合男性价值观的，店里也全是男客。秋子的店装修，是修道院食堂式的冷淡风，重菜之本味，每套餐具皆是精心选择的独品，每种食材都记录了来源和农药含量，她埋首专注于菜品，待客温淡，店里全是女客。

书里我最喜欢的部分，是秋子备菜、做料理、除尘、做家务的段落，小说里有大量的篇幅，描述秋子如何细致耐心地劳作：进货，记下每份食材的产地、农药含量，不用产品而是自备高汤，吸尘，吸完以后，再用抹布细细擦一遍……日式作品中，无论是插花还是茶道，包括死者入殓，都有极为琐碎的细节呈现。

有一次，我看一本修行论禅的书，原本想收获一些哲理，结果书里尽在叨叨庙里怎么洗厕所和擦地，难不成这是家政工作指

力量、勇气与爱

南？我心里嘀咕着，很久以后才明白，烦琐仪式中所蕴藏的"道"。这些操作说明段落，看似冗长，为描述性细节，但其实它们是作品及作者内心的结构性支撑。秋子并没有口述的激情宣言，而正是在这些微小的动作中，秋子得以慢慢旋松了职场工作时的螺丝，安顿身心于当下，她的前行，也得自于这些跬步的挪移。

有旧时食客，或八卦的老太太，甚至同行，来指点秋子，希望她迷途知返，及时把餐厅改造成合时宜的样貌，秋子完全不为所动，但她并不与对方争辩，知道大家的认知底盘完全不一致，言语上的交锋毫无意义，对方说得口干舌燥离去，秋子奉上自制的三明治，客气恭送。礼数是周全的，体贴是真心的，但是内心绝不摇晃。

群阳子笔下，常有这种柔软坚韧的女性，《海鸥食堂》里的幸惠，也是微笑婉拒了绿子提出的"在芬兰还是入境随俗"的改良，看着芬兰模式的日本饭团：驯鹿肉馅的、鲱鱼馅的、炸虾馅的，摇摇头，幸惠对绿子的建议表示感谢，但坚持自己对饭团这种灵魂食物的日式操作——其实，我常常觉得激辩是多余的，人不能被理论说服，只能被体验说服。在体验储备到位后，理论才能生效。有意义的批评是：补充有效信息、提供资料、指出论据讹误，而这些都不需要过度的情绪。优质的辩论，发心要正，言辞精当，双方在同一水平线上，反应力和即兴评述能力相当，能拨正对方的偏差，补上盲区，不能裹挟过多的情绪……其实不容易碰到。

而力量，则是面目各异——我们之所以热爱运动会，因为它不仅是力量的展示，也让力量有了多元化的缤纷诠释：跳水运动员如跃鲤般的轻盈入水、跳高运动员克服地心引力的极限、拳击运动员在对抗中的悍勇、集体项目中，如多声部合唱般优美的协调用力。如果以运动项目来打比方的话，那么，秋子所拥有的，正是长跑运动员的力量感，目标明确，方向清晰，以稳定的节奏发力，不受干扰，一个人默默前进。长跑是时间开出的玫瑰，而小店也在秋子扎实的实干中，从门可罗雀走向顾客盈门。

秋子的妈妈是个彪悍辣妹，烟酒不离手，无论橱柜和心房，都塞满无用赘物，哪怕恋爱对象有伴侣，也要生下秋子这个私生女。时而爱慕不已，时而龃龉生隙，总之，一辈子摆脱不了与男性的牵系，也无法走出男性社会的框架。秋子却是不婚，养了只猫，家居无杂物，食材用完就关店，周日闭门休息，从容享受一个人的好天气……她甚至不希望有太多的顾客，因为她觉得"当然有顾客不喜欢我的风格，这没关系，但最要不得的是，连自己都不知道喜好，只是一味追求流行的那种食客"。

简言之，秋子是新女性的力量模式，在松弛中打开自己，内心阔朗透气，对外界保持开放度，客气不争，但静守原则，慢慢让自我堆积成形，自性光明。书里那些觉得秋子不如妈妈泼辣能干的人，恰恰是不明白：秋子不是拳击运动员，而是长跑运动员式的发力方式，这些人的理解力狭隘，她们把力量这个多解题，做成了单选。

最近看佐野洋子的《想飞的熊》："小熊的家中有一张古老的红毯，据说他爷爷的爷爷的爷爷曾经坐着这块红毯飞上过天。小熊和他的爸爸一样，梦想着用这块红毯飞上天。小熊跟老鼠是好朋友，他们总是出去野餐。但不管吃多少好吃的，小熊总是无法感到快乐，因为他总是挂念着那个飞上天的梦想。老鼠则非常享受活在当下，他不懂为什么小熊不能安于现状。终于有一天，小熊告诉老鼠，他下定决心了。他要坐上那块飞毯，去尝试飞翔……"（以上为摘抄书籍简介）

小熊鼓起勇气，坐上了红毯，纵身一跃，归来以后，小老鼠赞美小熊的勇气，又问他在天上飞是什么感觉，小熊说："其实吧，在天上飞的时候，我吓得心惊肉跳，脑子里一片空白，我紧紧闭着眼睛，什么也没看到，也许我根本没有什么勇气。"老鼠说："也许，这才是真正的勇气吧。"

勇气，并不是闪闪发光的英雄主义，勇气中也包含着怯懦，就像爱中也有不爱的时刻，这来回摇摆的踱步，斑驳的杂质，才是真相，也是它最可爱的部分。而爱一个人，首先意味着不能造神，把一个人所有的瑕疵面都无视，然后去爱一个无瑕的偶像，大家一起闭眼进入梦工场，这种爱，太容易了，也太廉价了，对质量有要求的人，不屑为之。

这是让我感慨的那个段落：

在《想飞的熊》结尾，"小熊说：'也许我根本没什么勇气？'老鼠目不转睛地盯着小熊说：'也许，这才是真正的勇气吧。'……微风吹来，将小熊胸前雪白的毛轻轻吹向左右两边。'此时此刻，就是幸福吧。'老鼠说，小熊一声不吭。"——小熊和老鼠的友爱，正是在一个自苟的"也许"和一个回赠的"也许"之间。

勇气、力量、爱，都不是干净光滑的标准答案，它们是在污泥满地的一地鸡毛中，一点点地拔脚、迈步、缓行，因为自带鸡毛属性，所以，当它们来到我们身边的时候，常常面目模糊，与它们相认并相惜，是我们一生的功课。

无法相濡的孤独才是主角

第一遍看《爱情与夏天》时，认为这是一部散文小说，里面有太多描述生活状态的段落，像蔓生的野草一样，覆盖了主情节线，诸如女主角怎样捡鸡蛋、换车轮、给地板上蜡。我把它肤浅地理解成小资小说里的那种类似于情趣的东西了。读到第二遍才明白，书里用那么细致的笔法，不厌其烦地写生活琐事，是必要的。非要如此荒芜、乏味的生活和内心，才能让女主角在那么一个低燃点的情况下爱上一个并非很亮眼的男主角。男人、女人和爱情都不是主角，荒漠的生活和无法相濡的孤独，才是。

日光之下无新事。不厌其烦地描述着单调的劳作，那日日重复的乏味动作，这正是该小说的好处，否则，它就是《廊桥遗梦》了。试想，如果它轻生活而凸显爱情，把喂鸡、赶羊、修轮胎置换成田园风光，把做饭、算账都处理成小资电影画面，把男女主角对话优雅化，那它就是院线爱情大片。感人的作品，不是打磨光滑的浪漫情节外壳，而是人心的斑驳。

私以为，通俗爱情小说和严肃小说

的区别，不在于前者是虚假的安慰而后者揭穿人世的黑暗，而是在前者之中，爱情先行于生活，生活是个背景。而后者则相反。这个排序，和情节、因果一样，是小说逻辑的重要组成部分。小说的逻辑，不是审美逻辑，不是思辨逻辑，而是事实逻辑。它不见得正确，但必须是对的。就是说，爱情是由特定环境中的人，互相撞击后的化学反应。什么样的人，过着什么样的生活，就会生出什么样的爱情。虚构作品的真实感，得自做平情境公式。

女主角生长在修道院，她是个弃婴，名字和生日都是修女们给她的。她从未成为任何人的注意力中心，也没有过度凸显自身存在感和搏出一片新天地的欲望。一切皆是顺势而为，她从修道院中，被选入某鳏夫家里做了女佣，也在修女们的劝说下，接受了对方的求婚。她除了邮差和神父以外都没见过男人，对爱情是什么毫无认知——因为缺乏生活经验，没有社交，她把每天和老公谈论割野草和换车轮，就当成情感生活了。在一个极其封闭的环境中，人的情绪能量流动是很缓慢的，代谢也是。死水中的小小涟漪就是惊涛骇浪，之后，是一生的暗礁丛生的爱情海。

这个老公迟钝得令人发指，妻子爱上男主角后神思游移，他认为是："因为那天的鸡蛋收得不够多，让她失望。"偏远的爱尔兰小镇，她能看见的，就是破败的小店，几十年不变的街坊，告解时的神父，深山里与鸡羊为伴的日子，一周一次的进城。永远如此，从生到死一条笔直望到底的道路——这不是一个都市爱情故事，职场交际活跃、被频繁情事刺激得痛阈爱阈都高的现代男女，不会因为在街坊的葬礼上，远远看到一个略有艺术气质的异性就大幅动情，这只能是个小镇故事。

男人既不是帅哥，也未见有什么性格亮点，甚至没有漂亮的言辞。只不过，他是一个有体温感的人。"他不停地追问她在克卢恩山的童年，他问得越多她就越喜欢"，他带她去密林里的曲径，给她看他父母的画，介绍画里的宾客，指给她看山巅的凹湖，谈论薰衣草和蝴蝶。

爱情是什么呢？是你看见一张脸。这世界上有很多张脸，可只有这张脸，会对着你，耐心地聆听，不打断也不把眼睛转开。艺术是一个寻找肉体却发现了灵魂的词，爱情也是。她从一个初见难忘的微笑，纤细苍白的手，一个眉间的褶子开始，爱上一个人，最后在词语中安家。

而他呢？一个摄影师，作为一对才华横溢的艺术家的二代，他却没有父母的才能，除了那些秘密的练笔章节。他在即将卖掉还债的老房子里、荒烟蔓草里徜徉，收拾旧物，读自己少年时的文章，他的精神知己是回忆中的表妹。这个表妹从未在他的生活里缺席，时不时还要跑到他耳边发出想象中的高论，以至于我觉得他和农妇的爱情顶峰就是"这次他表妹没有说话"，臆想中的人总算让位给活人了。

他爱这个农妇吗？除了带她重温旧日，未见什么高质量的精神交流，最温情的话也不过是"我不会忘记被你爱过"。内疚好像才是主旋律，甚至最后的雨云之欢，也不像是贪欢而像安慰。他努力向她解释："人们离开是为了孤独。"她能懂吗？她不过是个追随本能的女人，给丈夫留下了一个星期的腌肉、蔬菜，就准备去买个新包和这个男人私奔了。她能想象的逆风而行，是流言蜚语，而不是彼此的精神世界其实并不吻合。她都没有这么长的思考半径。

但这不是《小芳》，纯情对背弃的谴责，而是另外一个东西。和《廊桥遗梦》拼命想把农妇塑造得优雅、让男人到死都留着她的信物相反，这个因本身的孤独下凹才生的、浅浅的、甚至男人还要提醒自己记住的感情，更像生活中眼见的爱——那种有直视化的规则形状，就像不近人情的锥子脸一样的浪漫爱情，往往是导演和编剧把事实美化后的结果。而像男主角这样即将自我流放，连明天的街道都不知什么样的人，何以执于爱情？连对故乡也是两难……小镇是桎梏，也是回忆的原乡。最后他立在船头，看见"最后一点爱尔兰在离他远去，它的岩石，它的荆豆，它的一个个小小的港湾，还有遥远的灯塔。他极目远眺，直到陆地消失，唯见阳光在海面上闪烁起舞"。

男人对这份爱既不热烈，也不打算有戏剧化的结果，拆了彼此的人生格局重组。女人却买来地理教科书，找到斯堪的纳维亚那页，那是他要去的地方。她拒绝临走前再见一面——这就是爱，能多看他一眼，多抓一个笑容，捂在记忆里也是好的，但怕极了说再见。只有极度的喜欢才会有种既想见面又不想见面的纠结。毫无悬疑的是，余生里，这段爱将会存在女人的记忆库里，被反复拆解、玩味，照亮她喂牛、除草、捡鸡蛋、洗地板的所有时间。

请原谅我用男人和女人代替主角的姓名。我觉得对于这个孤独感出色参演的小说，这个集体名词带来的模糊感，正合适。

最是那一低头的温柔

夜里重看市川昆导演的《细雪》，看到雪子相亲那段（本来这部电影里，相亲几乎是主情节线），热情的老板娘井谷替三十未嫁的大家闺秀雪子小姐张罗了一门婚事。对方是个水产公司的科长，电影中双方见面的一场相亲会，其情节张力、人物内心起落、群情激奋，不亚于中国武侠里的一场华山论剑。

这场戏相对于小说原著有所改动，更加紧凑及戏剧化。在小说里，因为谷崎的笔法是古典式的工笔细描，情节流速缓慢，而在电影里，信息全收拢在褶子里，镜头语言比小说语言快。

媒人井谷一出现在镜头里，就开始再三致歉，为啥？因为她昨天实地考察了对方约的相亲地点，是近火车道的，车子一经过就噪音很大，她赶紧换了一个新饭店，也不知合不合意。雪子方的代表是姐姐、姐夫，姐姐一听媒人和男方也不熟，顿时慌乱了，连忙喊了老公过来商议——这部电影肯定把西方的观影经验都颠覆了，就介绍对象这点儿小破事，值得情绪大幅波动吗？

非也，这件小小的事情，浓缩了世故

人情，谷崎润一郎的落点很高效。他早年执着于变态而极端的官能体验，想以此为显影剂，呈现出人性——是我的私见吧，在日本小说里，色情的地位并不亚于恋情，这个色情应该理解成广义的官能，我把这种小说叫作官能小说，比如谷崎润一郎，甚至后来的三岛由纪夫在后期倡导的古希腊美学，不外乎就是剥掉智性的伪饰，还原官能的快感。

即使是官能小说，仍然是阴翳中运作的官能。看谷崎润一郎的《春琴抄》，里面的春琴就是个盲人，后来他又写了《盲目物语》，在光线的尽头、视觉的缺席之处，方才可以点燃真正的官能之美，这就是他的阴翳美学的一部分。谷崎润一郎说，日本美学就是清冷和幽寂之美，而这幽寂，必须在暗处才能细细回味。这在《源氏物语》中就有源流——在《末摘花》一卷里，源氏公子听人说及一个叫"姬君"的女人，盛赞其体态娴雅、生性好静，于是在一个秋夜，与姬君数语对答后，源氏公子便潜进她的房间，与其鱼水成欢。一直到两人交合完毕，源氏公子只觉得她衣香袭人、温雅柔驯，而不知道她的长相——深闺真是名副其实的深闺，因其深而幽暗，因其深而隔绝日常生活，女人对男人而言，不是大眼睛、高鼻梁，而是细碎的脚步声、焚香秉烛的檀香味道、乌发的柔滑手感，以及肌肤的触感——女人的美，超出了视觉经验，而抵达真正的肉体深处。

晚年的谷崎润一郎，终于从官能的深渊中峰回路转，回归古典。《细雪》是他所有的作品中，唯一一部受光面大于阴影的。他终于大悟,和西方人的观照自我不同,东方式的美就是人情世态,是古老文化积淀出来的种种繁复的风俗。人与人之间的心机重重,精算师才能对付的人情账目,而这一切,都是隐性的,东方式的美不是显影剂而是溶剂。

类似于《细雪》里捕萤、观樱,连怎么回报媒人都得大费周折地商议:礼物太重或太轻都是失礼,由姐夫送不行,只能由姐姐在某个节日趁势送出——中国最伟大的小说《红楼梦》里,也有雪夜赋诗、赏月扫花的风雅,复合着大家庭的复杂人际。

相亲的现场,我们可以看到,媒人也就是井谷,非常像托尔斯泰《战争与和平》开篇里的公爵夫人,托叔极为合体地称她为"社交场上的纺织熟手"。她游刃有余地穿梭在各个小团体之间,把不和谐的杂音调整了,把火药味儿十足的冲突及时化解,就像纺织女工接上断掉的线头,让纺锤流畅转动一样。这井谷是个丈夫早逝、一人开店做生意养活女儿的能干女人,和出身落魄世家、吃祖产的四姐妹恰成对比之势。她不会在幽暗的祖屋里弹三味线,不会为了赏樱提前一个月就心心念念地准备和服,而是在喧闹的理发馆里迎来送往,春风扑面地招呼客人,又不失礼地与暧昧的男人周旋。

在饭桌上,中年丧偶、急于续弦的水产科科长的形象被夸大了(相对于小说里的春秋笔法),他冒失地拿出了毕业证书、就职证件和亡妻亡子的死亡证明书,并真挚地说:"他们是感冒死的,我们家绝对没有遗传病!"

这个纺锤断线、杂音进出、一派混乱的场面上,我们可以做个卡拉瓦乔式的油画记录：姐夫作为家庭里的唯一男丁、承重之梁柱、小姨子们的保护者，暗带调侃地回应着这个二货鳏夫，媒人赶紧使出老板娘协调客人的社交润滑油，把话题调拨到和美的音频："水产科科长？就是对农业市场很重要的工作咯！"鳏夫的舅舅是个高管，也拿出职场风范，对外甥做了积极的评价和肯定，像一个值得信任的产品经理。

而在这众生喧哗、语速快到无法截流的水花迸射之中，有一块沉静的岩石。自始至终，雪子小姐都没有插话，甚至没有抬头，她手捧茶碗、颔首微笑的场景将永远定格在我记忆中，那才是活人版的"最是那一低头的温柔"。

雪子看似极其东方化，鹅蛋脸，长年穿和服，五官精巧，守静寡言，不争不胜。但她其实学英语出身，也通法语，会弹钢琴，爱看书。她对事情自有自己的坚持和分寸，不受人左右，内在形状完整且独立。就像秋天衔接了夏天和冬天，她就是传统、保守、只吃本地馆子、不愿远行的大姐鹤子，和风风火火开工作室又私奔的现代化小妹妙子之间的衔接。

影片的结尾，姐夫哽咽着喝闷酒，泪眼婆娑地说："她要出嫁了。"优美的音乐里，四姐妹同游京都的画面掠过，雪子的脸，在构图上正好映在姐夫上方。谷崎润一郎的古典诗境，终究要被新世界取代。这滴泪，到底是谁的呢？

这就是人生

看《我的母亲手记》（我谈论的是小说，不是同名电影），井上靖写老年痴呆症的母亲从生病到死亡的一段历程。它的好，是被它的"不好"养着的。

它的"不好"之一是角色不鲜亮。这个妈妈并不可爱，年轻时那点桀骜或许算是个性，老年痴呆以后，时不时短路的脑子搭上偏执的个性，混合成一个混乱难缠的老太太。井上靖的可贵，恰恰就在于，他没有就势利用母亲的负面色彩，利用这个负空间来成就自己的温情、孝心，令人生痛、生怜。没有，他只是后退了一步，冷眼抱臂旁观，不是用母子之爱的视角，而是生命的视角，对母亲做了一次朴素的田野观察，然后，提交报告。书的最后，这个褊急的老太太，突然变得乖巧温驯，绝非心灵鸡汤式地与生活和解，而是她的生命火焰渐渐熄灭，能量耗尽了。就是这处，把我读哭了。

井上靖的父亲是个军医，因工作需要不断迁移，所以将井上靖托付给了老家的阿绣奶奶。在多山、偏僻的伊豆半岛，井上靖野生野长成了一个独立少年，父亲晚年退守田园，靠微薄的退休金为生，几乎与世隔绝。井上靖不愿重蹈父亲无欲、退守的人生，他积极进取，所到之处，他都是人群中的活跃分子。他与父母的疏离，在书里也很明显。这本书其实是由四篇连缀而成，在这个过程里，母亲脑海里的橡皮擦继续涂抹记忆，而井上靖本人，也在日渐衰老。他渐渐读出，自己血脉中竭力回避的遗传因子也开始补课，不是从亲情的维度，而是从"众生皆苦"这个生命同源的维度理解了父母。

"不好"之二是，这本书的文笔并不绚丽，无非是兄妹几个轮流照顾痴呆老母，每天都制造出扑面而来的重重麻烦，磨蚀着众人的耐心。如果你指望拿着支勾线笔，勾出一步三叹的格言警句，只怕要无功而返。而这文字的清浅平淡，恰恰通过一种无聊的趣味经营出了接近生活的质感。长年照顾母亲的妹妹志贺子说："如果她只是给人无常之感，那该多好啊。这么说吧，只要一个礼拜，不，不，三天也好，你和她生活在一起三天，就没力气去发什么'无常啊，虚无啊'之类的感慨了。"

每天说废话，吃垃圾食品，浏览碎片信息，做无聊之事，遣有涯之生……这不正是我们日日与之贴面的生活吗？如此，偶尔一两个发光的时刻才分外可贵。就像荒漠中的绿洲，大片绵延的荒土，沉默地重复着它们自己，全无视觉重心，这时的一棵树才成了天堂。试想如果把生命提纯，做个蒙太奇跳接，剔除一切芜杂，对话如语录般字字珠玑，这精华素一样的生命会多么失真。而井上靖，几近成功地逼近了生活本身，那无序状的灰败不是文本的灰败，而是生命自带的灰败。井上靖没有为了成全文学的美，而错失人生的本色。

米沃什曾经写过一首诗《和珍妮谈天》："我们不谈哲学，抛开它，珍妮／语词如此众多，篇幅如此浩繁，谁能够忍受／我告诉你那远去的自我的真相／我已经不再为我不完整的生活担忧／它不比通常的人间悲剧更好，也不更坏……我不知道怎样去关心我灵魂的拯救／我接受它，那些降临到我身上的是正确的／我不会有意否认曾有过智慧的时代／不可言喻的是，我选择在如今，在这个世界的事物之中安置我的家，它们存在并因此而令我们快乐。"

是的，远离虚词，以"当下"为家。唠叨不休地争论哲理，不如好好欣赏眼前的一棵树，嗅一嗅那木质的香气，听一听风起时银质的枝叶拂动声，这才是人生。

失忆是脑海里的橡皮擦，母亲逐渐抹掉了她的七十、六十、五十岁，这个脱壳的过程，像是做减法，把岁月施加给母亲的重重身份：妻子、母亲，一层层剥落。她忘掉了丈夫、孩子，最后母亲在夜晚一间间推开儿女的房门，她已经回到找妈的儿童时代了。如果你得了失忆症，最后在年月深渊，望明月远远，沉淀在你生命底部的会是什么？母亲牢牢记住的，既不是爱，也不是恨，既非甜蜜，也非怨怼，而是跟随父亲四处辗转的军旅生涯,准备便当时的殚精竭虑,擦长筒军靴的苦差!何其琐碎,然而这肩负手执的尘世辛劳,是人生。

特别有意思的是,她独陷于内心世界,与所有人失联。儿女,还有女婿、媳妇,包括孙女,如各路侦探一样,试图解读她的各种诡异行为,带着各自的人生经验和理解角度,这个复合视觉效果很有趣。最后一章里,母亲的幻觉中出现了雪景,明明是九月,是风和日暖的初秋,母亲却执意感觉自身下起了雪。她在记忆里抛弃了所有人,独活在自设的大雪中,生命之孤绝令人慨叹——我突然觉得孤独极了,因生命自身的孤绝和坠重。《心是孤独的猎手》里,少女米克在孤岛上第一次和男孩做爱,事后也是闭上眼睛,感觉四周下起了雪。

你能说母亲是精神障碍吗?谁不是活在这样的孤独之中?我们的所谓意识清醒的力量,不过是在理性的层面上,保持共识,让面对公众的那张脸做出合乎秋天情境的种种表情符号罢了。内心里纷扬而落的雪花,是那些不为人知的悲喜、不能示人的苦涩。

这就是这本书高妙的地方,它是对生命本身的高仿,而生命又给出了任何小说家都写不出的谜底。小说当然需要意义,而这个意义必须伴有杂音,众生喧哗中,意义悄然出水如荷。

手绘的安静时光

张爱玲给夏志清写信，后者正在翻译她的小说，跑来询问她《金锁记》里嫂子拎的"提篮"是什么。张回复时，附了手绘图，原来是旧时上海人常用的上下两层的双屉提篮。视觉语言一出来，果然一目了然。张爱玲的图画得好是众所周知的，也有相关的书籍专门收录了她为小说人物、场景绘的插图。还有次不记得在哪本杂志上了，还看见她为自己设计的服装，从里到外一丝不苟地搭配好，颇见妙心。张精妙的钢笔画当然和文字一样是纤毫不爽的写实范儿，里面有张爱玲自小向往的"S头"（民国常见女性发型）和旗袍，由此可以推断出，她搭建小说的基础应该是以人物为端绪，不像某些作家是先长情节的骨架（格林），又有些是随性地造零件再组装到主干上（麦卡勒斯）。

话说提篮，我又想到有一次，在丰子恺的《子恺日记》里，看到他画的竹篮。彼时正是抗战初期，丰子恺带着一家老小千里迢迢避祸后方，也就是广西，校区被轰炸多次，也搬家数次，每天都得步行很久去偏僻的地方上课，忧国之余，倒是絮絮记下了一些日常琐碎。这只提篮是较明丽的一笔广西风物考,"竹篮如图,有盖,体约一尺见方,上有环,价三百文。虽轻巧,不耐耐久,然体方有盖,盛物甚宜,装书亦无不可"。丰子恺的插图仍然是他一贯的绘画风格,简笔式的,这个篮子是单层无抽屉的,不同于张爱玲小说中的精细之物,显然是粗物,但在战时的乡下也别有野趣。另外书里还有手绘的纸灯、中式便当盒,这是这本书里,让人较为轻松愉快的一部分阅读景观。

上述二人都是比较有绘画功底,画质出色的。其实,图形作为辅佐阅读的工具,不一定要达到很高的水平,有时"意趣"比"画工"更重要。西西就给笔下的母猫大花画过插图。还有我特别爱读的那些写家具和家居的散文,她也很耐心地画了椅子、矮橱和鼓凳的图样。还有缝衣服,衣服的款型也附图了,不知是故意还是笔力所致,线条都不是很精准,但又何妨?想怎么做尽管去做好了,管它画得好不好呢,游于乐嘛!把娱乐性发挥到萌趣的,是陈丹燕老师,我一直记得她在女儿不怎么识字时她写的信,很多字词是用小画代替的。比如"火车",就是画一个喷着烟的车厢,做她的孩子好幸福,直接读名作家的专属手绘本。

鲁迅自幼嗜好美术,少年时代就用"明公纸"像描红簿一样蒙着描绣像,也在院墙上画尖嘴鸡爪的雷公("射死八斤"的涂鸦算吗?哈哈哈)。后来鲁迅在日本学医也要画解剖图,这也算是粗糙的绘画训练吧。除了装帧设计常常自己操刀外,我特别喜欢他和他的日本研究者增田涉之间的通信,里面谈到一些浙江风物和民俗，鲁迅就会图解一下，在信件的文字留白处，随手画个"油炸馄饨"和"抓周图"什么的。高速信息时代，百度比一切都快捷，再难见这种闲心和情味。

雷骧（雷光夏的爸爸）的《文学漂鸟》，那是作为纪录片导演、媒体人、作家的雷骧的一次"文学散步"。他本来就是导演，具有手绘功夫加"画人之眼"，他随身带着速写本做视觉笔记。作为一个文字敏感度高而视觉迟钝的人，我一直好奇那些用视觉符号储存印象的人。我很喜欢他图文并茂的家信，对着"亲爱的人"图解他见到的"光"——那是一辆高速列车，速度可以像"光"一样快！兴致勃勃地要与爱人共用一双"画人之眼"去看世界。

绘者和写手不一定要合为一体，有些错位也能增趣：皮皮的书用的就是韦尔乔的配图，那书的文本排版，本身是较呆滞工整的，但是页眉、页脚里，插了韦尔乔那些空灵的哲思画，一实一虚，倒有种轻重调和感，挺添灵气。韦尔乔自己的文字，我觉得不配画就很饱满。还有三合一的妙物，比如《儿童杂事诗笺释》，周作人在雨中回忆童年写下的打油诗，丰子恺的画，钟叔河的清淡诠释辅读，贯穿三人的是一种淡淡的写意味道。

有些配画的书相得益彰，但不知该算作家的手绘，还是画家的文作。比如丘彦明的《浮生悠悠》，她是文字工作出身，但又在专业美术学校进修，书中很多的花草手绘都是丝丝入扣，专业水准的。两厢出彩的还有黄永玉。席慕蓉的油画比文字硬朗很多，但我很喜欢她在《河流之歌》这本诗集里，给那些诗配的姜花速写。还有些人，画好文字平，比如东山魁夷；有的比"平"还差，比如蒋彝。

作家与其手绘，也就是文字和视觉艺术，常有微妙的吻合度。夏天时，读完了厚厚一本奥威尔日记，他的书高度写实，又关注政治，奥威尔的手绘图，那绝对是挤干了审美的汁水，只剩下说明功用，比如图解矿工地下工作环境的坑道图，解释水渠浇灌示意图，等等，他一心为黎民解忧，根本无心去经营情趣。安徒生则不然，他画的死神走起了钢丝，而花心里又飞出了精灵，他也画过自己的墓碑，画过很多被爱神的小箭射中的心，其中有一颗是空白的——那是他本人的，他的画洋溢着澄澈的诗情和淡淡的忧伤。冯古内特的画也非常后现代，大幅色块加上线条。卡夫卡的线描则基本是钢笔和铅笔素描，安插在笔记本的文字边角上，他们被布洛德称为"被无形的绳子牵引的黑色玩偶"，营造出一派阴沉的梦幻氛围。

第二辑

根岸

日常生活颂歌

时间的果

日常生活颂歌

哀伤的软着陆

附近的爱

聊赠一枝春

你一直在玩

一副眼镜

梅花洗

月桂糖

铅笔的可悔品质

云的名字

阅读树心

好看的城墙和野花

哀伤的软着陆

读吉本芭娜娜的《食记百味》，觉得她真的是很爱"吃"，不是爱食物本身，而是通过"吃"这个最显性的生命动作，来阐释生之热情。她写她心爱的狗要死了，她一直遗憾的是"再也不能喂它吃喜欢的食物"；谈到病重的母亲，最高兴的是"母亲突然想吃在她面前做出的食物"。吉本芭娜娜认为"渴望有人在眼前做饭的风景，正是因为体内还有燃烧的生命"。

接着我当然会想到，在吉本芭娜娜的成名作《厨房》里，在祖母去世后，疯狂爱上做饭、用一个夏天翻烂了三本料理书的女孩。有一次，女孩吃了一口好吃的猪排饭，马上打车送到另外一个城市，与恋人分享，用好吃的食物，安慰刚刚失去养母的他。

《食记百味》像是一把新得的锁匙，我握着它，重新开启《厨房》这本旧书，我把当年不耐烦跳过去的一些下厨的片段，重读了一遍，终于懂了。

来看《厨房》中那些不厌其烦、一个个动作都工笔写出的厨事场景："是的，祖母死了，我最后一个至亲离去……我现在的心情，依旧无比阴郁。我一定要让我的身体动起来，我走进厨房，开始打扫，用去污剂擦洗水槽，洗了微波炉的托盘，磨好菜刀，将抹布洗好晾起来，烘干机也在轰轰地旋转，我的心情开始恢复了。"

初学做日式料理的女孩，性格急躁，常常会把菜做坏。不耐烦等水温升高或水分挥发完，就急着进入下一个做菜步骤，火候不到就急急盛盘上桌，这毛躁性格常常会呈现在失败的菜型和菜色上，只能慢慢调整节奏，旋紧调味品罐子，擦干盘子，重新再来，当一切整饬有序之后，就会发出和谐音阶般的美好音色……从这个角度看，做菜简直像练书法和画画一样，有种习静修心，类似于心灵瑜伽的功用。

而这平静的秩序感，会把伤者托住，让她日渐痊愈。一个又一个的动作叠加，为伤者制造出一处可以让哀伤软着陆的缓冲之地，她无须被硬生生地抛入社会，立时打起精神，雄赳赳气昂昂地满血复活，她可以有个避光的空间，停在那里，慢慢地擦、洗、磨、晾、烘……人，并不是电饭煲和洗衣机，不是一个按键下去就能迅速执行"愈合"这种行为的电子产品，人是血肉之躯，心更是富有有机性，几句心灵鸡汤，打几针狗血，可以让人获得短时的情绪大幅上扬，类似喝咖啡引起的兴奋度，之后，仍然会回落和反复，而彻底的愈合却是缓慢的微观累积。这种通过做饭来疗伤的途径是用动作捂暖一颗心，更是尊重了心灵这种微妙之物的修复程序。

在日本文学中，食物几乎具有全效的抒情功能，可以用来阐释一切治愈系情感。

比如亲情：我特别喜欢寿岳章子描述她妈妈做的饭，一家人围炉烤海苔的场景，东方人很少用拥抱、亲吻来对待家人，一起吃饭才是感情的安身之所；生命热情：女作家森茉莉，她对食物从外形到口味都痴迷无比，她笔下的鸡蛋是新雪、压平的白砂糖、上好的西洋纸，以华丽灿烂的笔法，舞一曲微物之美；生死思考：《挪威的森林》里，渡边爱着两个女孩，精神化的直子最后被死亡的黑洞吞噬，而留下的是在直子对立面，爱笑，爱做饭，几个月只穿一件内衣，省下钱去买煎锅的绿子；死亡慰藉：《海鸥食堂》里，幸惠问小绿："假使明天就是世界末日，你会想要做什么？"小绿挠头，认真想想，然后说："吃很多好吃的。"

而这些食物，几乎都简单且易操作，只是将食材略加处理，突出本味。寿岳章子笔下的妈妈菜，不外豆腐渣、山药泥之类，《海鸥食堂》里的店主，始终只想做最常见的饭团，《深夜食堂》每集末尾教人做的菜都很易学。

更重要的是吃的氛围，寿岳章子花了很多笔墨写她家的餐桌，一家人可以把脚伸进去的暖桌，这是全家一天最幸福、温暖的团聚时刻，如果哪天爸爸不回家吃了，少聚餐一晚，妈妈就会伤心，因为珍惜每个厮守的日子；而《深夜食堂》的封面，月牙挂在深蓝夜空，正是白日喧嚣散尽，心灵入港之时，洁净的吧台边，不得志的女歌手放声高歌，人妖爱上了黑老大，一切温暖的情愫，不言自明地，随着食物进入身体。

这就是某种东方人的方式，不太习惯光秃秃的抒情和说教，大刀阔斧地解决冲突，而是用含蓄具体之物去慰藉对方。我们的感情不是从抽象到抽象，而是从具体到具体，不是流光溢彩的语录，而是饭菜香、收拾干净的房间、针脚密密、柔软贴身的照顾，在这里，"爱"也是一个活体，长着鲜润的脸和健美的四肢，是可见可触的。

如果说俄国文学的迷人之处，是哪怕最卑微的小人物，在饭桌边一坐，就可以谈灵魂，那么日本文学的迷人之处就是，作为温暖感情集散地的饭桌，本身即是灵魂。

我并不是很亲近"文人花",看明代人张谦德的《瓶花谱》,里面有"品花"一栏,给众花编目,编排品级次序,比如牡丹、梅花、水仙为一品;蕙、海棠、宝珠茉莉为二品;一直排到九品,是剪秋罗、木瓜、牵牛什么的。当然,相应地,也给花具做了编排,青铜觚、古罍、梅瓶、青瓷为贵,金银为俗器。

在苏州的时候,我去了艺圃,那是文氏家族的园子,主人是画家文征明的后人——状元文震孟,他的弟弟是写了《长物志》的文震亨,明式美学之宗师。不大的艺圃,书房倒有四间,中间隔着柏树、辛夷和山茶花。我看着几案,想给案头配上啥清供呢?应该是文震亨笔下盛赞的石菖蒲,是一种摆在书桌上的香草(在位列表里名列一品),随风送来遥远的清丽香气,书生晨读骤歇,手倦抛书,活火煎茶,顺便给石菖蒲换换水,歇歇心神,缓解目力……这些都是文人雅士的闲趣,我抬眼望望书斋外面高高的素墙,那是品位卓绝的园主为花枝留下的画布,到了静夜月明之际,花影投上,倍添诗情……可是,关于石菖蒲,我更喜欢我的朋友老钟寺和我谈到的版本,他说这种草,在他们广东乡下,河岸水湄有很多,新年

• 附近的爱

时放在洗澡水里，有清香，除秽迎新。

又比如桃花，在汉唐之前，都是烂漫、灼灼其华的欣欣生意之春花，到了明代之后，就被定为"格低"，被称妓女花、妖客。这种审美语境的格式化，把人类的文化势利附会在草木身上，令人不快。最早的时候，我们和植物之间不是这样的。

我比较认同《诗经》里的植物态度，比来兴去的都是手边的草木……我喜欢玄武湖畔的水生植物，那天朋友问湖里是什么，我说这就是参差荇菜啊，远处还有《诗经》里的"蒹"，到了秋冬，芦苇就会随风摆荡，那就是"蒹葭苍苍，白露为霜"，此外可见"采采卷耳"（苍耳）、"于以采萍"的"萍"（田字草）、"彼泽之陂，有蒲与荷"（香蒲）、"果臝之食"的栝楼……都是日常系的植物，古人就是随见随记，从生动的眼前场景里，掐个枝，插在诗句里，从生活信步到诗歌中去，物象凝结成心境，植物是与人平等的主角，是心境的外化，是心情的映射，是活泼的生命态度。

我喜欢的植物态度，不是文人花，不是品花录，而是生根于日常、微花中见真意的"附近的爱"。

比如在川濑敏郎的插花书里看到，他去山野里散步，把一束红叶折枝，归家后，顺手就插一个秋叶为主题的作品，拿它记录岁晚既至的时间感；梅雨季湿闷，就用桃枝上的青涩小毛桃，信手插在素色瓶里，这是眉目青青的少年之恋，如清风般，驱散梅子黄时雨中的满腹闲愁……他的插花素材多是随处可见的：春来的油菜花、豌豆花、蒲公英，暑热中一朵自在清凉的牵牛花、匍匐在青叶中殷红的小蛇莓，岁末农家一把沉甸甸的稻子。他喜用的菊花，也不是《菊谱》里的泥金香、紫龙卧雪什么，而是野径上最常见的恬淡小野菊——中国自产的"真菊"，可能就是这种指肚大小的黄白菊吧，我想着它们星星点点的黄色蹀躞在山野中清逸落寞的样子，这才是我想象中古中国的瑟瑟寒秋意。

所有的植物是平等的，它们都是时间的表情——书之岁华，其曰可读。而这些落笔天地间的植物篇章，绝不只是品级表上的高端者。人遇见花，被它的美滋养，心灵之弦被花朵拨动，用它来录入彼时心境，如此而已……不仅是插花，我觉得，文学应该也是一种"附近的爱"。

日本民艺家柳宗悦终身推广朴素实用的民间器物，他的小儿子柳宗民是个植物学家，在他的生物研究中颇见其父之风，他喜欢的都是未经人工培养的、带有庶民风味的、日常习见的乡野植物，他还特地写了一本《杂草笔记》。还有爱散步的永井荷风，他总是乱逛到闲地，因为闲地是杂草的花园，他肯定是细细地看过每一丛杂草，才看到"蚊帐钩草"的穗子如绸缎般细巧；"赤豆饭草"薄红的花朵很温暖；"车前草"的花瓣清爽苍白；"繁缕"比沙子更细白。还有中国的陈冠学，他偏爱草，专门在院子里辟出一片地，养了四十种草，天天去看它们。

旧时北京的穷人过年，置不起啥案头清供，就用一个胡萝卜，削头去尾挖个洞，内种大蒜，用铁丝挂起放在朝阳窗下，红红绿绿的煞是热闹喜庆；周瘦鹃的盆景园、小园林、旧士子趣味的花木文章，我统统不喜欢，唯独他说有次，把初秋结果的大柿子，扔在青铜瓶里，古瓶红果的场景，我是喜欢的。我揣想了很久，柿子是种特别家常的植物，在北京酷寒的冬夜里，在容带我去买水果，掀开棉布门帘，端出几个柿子。北方的柿子有腰身，就是"盖柿"，是冬天最贫贱的水果，大冬天被暖气烘得口干舌燥，此物正是最解燥的冷饮。我一看到红彤彤的柿子，就会想到寒素之家捂在手心里，那一点过日子的暖意。

又有一次，我坐在小凳上择芹菜，皮皮在我脚边玩，她捡了些残叶，插在废弃的布丁瓶里，做成一个小盆景送给我——在小朋友未被"格调"污染的直觉之眼里，美就是美，那个废菜叶盆景我保留了几天，在我眼里，它比什么一品九命的花都美丽。

有次在网上看到一段话，大意是说古人因行动力受限，出行不便，眼界闭塞，所以只能观察眼前景色，才热衷于草木描绘和吟哦。我当时心里"啊？"的一下，这种认知的隔阂，固然有性格的因素——有人较为外向，喜欢新鲜的涉猎和经验，但更多应该是源于现代人生活节奏快，内心焦灼，已经不懂得与植物相处了吧。

中国自古就是农业大国，循农时而播种，依天时来收割，靠植物获取节序感，"小满""谷雨""小雪"，一个个节气，初衷是指导耕收的，它们是无波日常突起的鼓点，击打出日子的节奏。至于常日里簪花于鬓角、插花于床边案头、拿花浸酒、熬粥、窨茶、蜜渍做零食，餐花饮蕊，更是手边眼前再随意不过的事。对诗人画家来说，植物也是寓兴抒情的意象源泉，花鸟画一直是中国画的支柱产业之一。植物与生活密切相关，血脉相连——我们生来与天地草木亲。

读东坡尺牍，最爱的，就是他拉呱家常的那些。有封信，是关于种树，信中写道："白鹤峰新居成，当从天伡求数色果木，太大则难

● ──── 聊赠一枝春

活,太小则老人不能待,当酌中者。又须土砣稍大,不伤根者为佳……"我的新房已经建成,想向你讨几棵树来种,大的树怕难养活,小的树,我一个老人也难以等待它长大,就大小适中的吧,根上土坨大点,别伤了根——人生如寄,风波不止,贬谪无奈,空谈抱怨徒增伤感,还好有植物可以相亲相慰,当作友人传输关怀的载体,拉起一张日常生活的网,打捞被虚无感笼罩的失根之人。

细想起来,热爱园艺的作家相当之多,说到底,写字也是"笔耕",和种植有异曲同工之妙:长时间的资料准备,类似于好的农夫会用大量的时间备好营养土,土层丰厚,灵感的幼苗才能长得好,加之日夜不辍、辛勤的耕耘,尊重植物生长的节奏——作家也得低头倾听内心的波涛,待它起时才能落笔,而一篇满意的成稿带来的满足感,正像看到一朵亲手植下的花开放。

这类作家……我随手写几个吧。哈耶克和丘彦明都曾经专门记录园丁生活,我且不赘述。我暂且说几个没有直接写园艺笔记,却在作品中隐隐透出耕种身影的。

比如奥斯汀,她一向是自己动手酿蜂蜜酒,饲养火鸡,种植豌豆、土豆、葡萄和草莓,美洲石竹和蓝色耧斗菜。我曾经看过一本奥斯汀食谱,是通过研究她小说中的菜单,解读彼时的风俗人情(有很多文学研究资料都是钻研作家食谱的,其中一些关注点不在菜式,而是饭局,以此为据,揣测作家的人际关系网,还有一些是研究食材食道,还原作家所处年代的风俗民情,帮助落实情节,还有一些,其实是依附于名人的厨艺笔记，可以直接拿来做烹饪课教材）。话说奥斯汀，我想她笔下的很多调味品和蔬菜，应该是她自己栽种的，那个时代很流行"厨房花园"，很多乡下庄园更附有大菜地，以便提供自家蔬食，奥斯汀的妈妈就是个种菜高手，在邻居里率先种了土豆和番茄。每次看她笔下的人物吃卷心菜浓汤和炸土豆时，我都会想到她们的菜园。

还有画彼得兔的波特小姐。波特小姐虽是中产阶级家庭出身，但她一直声称自己有颗"农妇的心"，她从小就非常喜欢乡间生活，那些在奶奶的乡下庄园、爸爸的湖区度假别墅里度过的少年时光里，她潜心画画，用画笔记录下了苏格兰无垠的牧场、落在地面的黎巴嫩雪松枝、疯长的野香芹、攀爬在农场烟囱上的野蔷薇和笑脸一般的三色堇，一路积累，最后爆发成彼得兔中优美如诗的背景及细节——彼得兔被园丁追杀的场景里，我认出了那倒地的花盆里散落的三色堇花瓣，彼得兔年鉴里，我认出了波特小姐冬日里的最爱：雪花莲，还有啪嗒鸭蹒跚走过的林间小径上，我又认出了波特小姐最爱的粉色指顶花——晚年时她买下农场，专心莳花弄草度日，在她的屋墙上，她铺了粗布以便于这些花攀爬。她和邻居好友间，常常以花为礼，彼此交换，既是一种园艺的分享和沟通，又是默默的情感交流。

还有美国女诗人狄金森，到了晚年，几乎已经是隐居状态，她从喧嚣的交际中隐退，只与家人和植物为伴。早在幼年时代，她就是一个喜欢孤独地徜徉在野花丛中的小女孩 "当我还是个小女孩，时常跑入树林中，他们说蛇会咬我、我可能会摘到有毒的花朵或被哥布林绑架，但我依旧独自外出"。这个与草木相伴的习性贯穿她的一生和四季。

她称春日为"洪水"，"草坪上满是南风，气味互相纠缠。今天是我第一次听见树中的溪水声"。春日如此宏大，"如此明亮、如此湛蓝、如此艳红又如此洁白"，樱桃的花光，蓝天白云，春日的光影之中，狄金森取出装在纸袋里的花种，小心地培植好温床和腐殖土，"我种下我的——盛典的五月"，傍晚在花园散步的时候，她也会去扶正金银花的藤。雨天无法从事园艺，她寂寞于无鸟的安静，慨叹到"那些小诗人（鸟）都没有伞"。

雨停后她出门采摘芳气四溢的蕨类植物，夹在书信里寄给朋友，这是她常干的事，她常常采下新鲜的玫瑰、蓝铃花，甚至一枝猫柳寄给友人，诙谐地打趣道："这（猫柳）是大自然的银黄色信件，它把信留给你。它没有时间拜访"，这不就是中国古人说的"春消息，夜来陡觉，红梅竟发"吗？而狄金森干脆把这个消息寄出去了。写诗的时候，她如果暂且没有灵感，她会拿玫瑰做抵押，夹在信里空白处，先算作将来的诗句，到时候再兑换成文字……一个活生生的、灵巧生动的狄金森，就这么在花叶的边角处、字里行间，探出头，向我吐吐小舌头，透过她深隐的重门和关紧的心门，我依稀看到了她年轻时如雀鸟般的机俏身影。

以花相赠，作为日常表情道具，似乎是文人常用抒发路径——有一次闲读时看到，写《塞耳彭自然史》的吉尔伯特·怀特，一位沉溺于内心世界、与天地亲近之人，他与一位叫马香的朋友长期通信，两人都是自然爱好者，通信的内容不外乎是家燕归窝啦，村口一棵老树被砍啦，猫头鹰的对唱是A调还是D调啦……在遥远的十八世纪，两个树友、鸟友，就这么飞鸿往来，在庸常的生活之外，共同翱翔在一片无垠的精神天空之中。

他们谈得最多的，还是树，怀特用大量的笔墨深情地描绘他见过的大山毛榉："庞大臃肿的山毛榉、中空的山毛榉、修过枝的山毛榉……所有陌生人都爱这些树"，他们都很爱这种树，在信件中交换了各自的大量观测数据，为了酬谢怀特的情谊，有一次，马香还把自己修剪的一株小山毛榉寄给了他："我希望其垂下的树枝，能碰到从树下骑马而过的人，从远处看，这种树就像绿色的山丘一样美。"他们心意相通，正如地下根系相连的树。

在中国古代，也有很多这样的"素心人"，陆凯与范晔为友，在江南为范晔寄梅花一枝，以表春天的祝福，"江南无所有，聊赠一枝春"，《古诗十九首》里更有"庭中有奇树，绿叶发华滋。攀条折其荣，将以遗所思，馨香盈怀袖，路远莫致之"。"兰叶始满地，梅花已落枝。持此可怜意，摘以寄心知。"遥想古时，交通艰难，舟车遥遥，那一株小小的花枝，就是烽火中抵万金的书简，知己传达心意的便笺，爱人辗转不寐的相思泪，攥在手心的体温。那些出没在诗词骈赋中的芳菲华荣，蕴藏着何其丰富和充沛的情感啊。

你一直在玩

多年以前读的亦舒小说,有一本叫《香雪海》,里面有段关于小说家的描述,至今印象深刻,摘抄如下:"我女友叮当是一个小说家,她每天工作时间只有两小时,其余的所有时间都在玩,玩的内容包括:学葡萄牙文、摄影、杖头木偶、篆刻,也有音乐和各种游戏、逛书店、设计时装,更连带喊朋友出来喝茶,最近的嗜好,是和一个西洋老太太研究邮票,又查访世界上最古老的白兰地。对于生活,她充满热情,太阳之下皆新事,我爱这个女人。"

大家可能没有想到,老舍的处女作并不是任何一本小说,而是《舞剑图》。1921年,北京市举办中小学生运动会,这本图册被拿出来免费发放,作为武术运动推广的资料书。这不奇怪,老舍本人是位玩票的舞剑者,拳术也很好,包括枪法——《断魂枪》里精彩的收尾,是夜深人静,沙子龙关上院门,独舞了六十四招的"五虎断魂枪",群星闪烁,枪身冰凉,这个优美的小说情境就是老舍爱好武术的副产品。

我最近看的书，不管是韩国人写的植物染，还是中国人写的园林书，书尾无一例外的都是拿《红楼梦》举例，《红楼梦》的美学辐射面实在太大，每次人家拿达·芬奇这种全能才子来说事，我都会提醒他，我们有国产的曹雪芹啊。不仅是诗词书画、美食制衣、草木虫鱼样样精通，而且还擅长边角杂项：其著的《南鹞北鸢考工志》栩栩如生地绘制了各类风筝的形态，里面光燕子风筝就有肥燕、瘦燕很多种。当然我们都会想起，《红楼梦》第70回中有一大段关于放风筝的热闹场面，隐含了其中各人的性格与未来令人伤感的命运。

至于我爱的西西老师，乳癌之后，为了做恢复训练开始缝熊，玩着玩着，写出了一本熊版服饰史，每只熊都是一个小说角色，背负其历史背景，浸润在情节之中，穿着各个朝代和地域的衣服。接着她又开始搭建微型娃娃屋，选一个历史时期的建屋风格，比如乔治亚时代的迷你房子，然后一点点配齐家具、壁画、人物、道具，《我的乔治亚》这本讲解乔治亚时代风俗人情的书，就是玩娃娃屋玩出来的。

顺带说点闲话，有时会看到一些很会摆姿态的文章，那些文章充满了术语、繁复的逻辑架构，时不时还来两句外文，可是说实话我根本看不明白他们在说什么。一开始我都是质疑自己的智商，再后来我认为这涉及对原材料的处理。简而言之一句话：作者下的整理功夫越大，读者就读得越轻松。也就是说，很多看上去盘根错节、一盘混沌端上桌的东西，不是因为它结构复杂深邃，而是作者前期工作做得不够，把一盘没摘掉黄叶、没炖熟、没摆好盘的玩意儿端上来了。而真正的好作者，比如西西这样，文章有密集的知识点，但作者下过功夫备稿，你读起来压根儿就没有摄入信息的疲劳感，只是觉得游于艺，好玩、可乐。

看了《我的乔治亚》以后，突然明白了，过去读的很多英国小说，小说里爸妈也爱孩子，但从来不带他们，全是家教和保姆的事儿，现在知道是风俗使然。保姆和孩子住哪里、作息怎么样，西西这书里都说了。但是你看的时候，就看到一个女人在边搭娃娃屋边随意介绍，在玩。我年轻时特爱看小说，但小说其实是横向长肉的，你要深刻地读懂它，还得有两个助手：一是书中背景和常识的补充，二是纵向的思想整理。小说是魄，其中蕴藏着道理的魂。以人为喻，思辨文是肌肉线条凸显的健美运动员，小说是骨架优美的美妇人。后者的骨骼你看不见、想不到，但是其实是结构部件。小说差不多是我最喜欢的文体了，它们不是抽象理念的堆积，而是充满了鲜活和真实的感受，不是在分析水的分子式，而是把手伸进水流……就像生活本身。

作家是文字工作者，但他们的活动空间远远大于书斋，这些外围的爱好其实都营养了文心。文字的活力，得自文字之外的东西。这类似于气功中的"采气"，就是从万物之中，将各种不同能量流采集体内，激发自身内在的潜能，培养充实元气——所有的生命经验都是流动性的，至于绘画、诗歌、小说、评论、紫砂壶……只是它的一种盛放形式。而艺术是什么呢？一朵花，熏风来袭，它自盛开，一只鸟，旭日东升，它自鸣叫，这是生命喜悦的满溢和喷溅，是"我"之为"我"的一种必然，它不是美学理论的作品，它是生命力自身的作品。

写作，不是在课堂里听课听出来的，而是生命热情的凝结，所以，听到有些艺术家改行成作家了，又有些作家下半生转行去研究文物了，或是某个农妇刚识字扫盲，就写了好小说之类的新闻，我从不吃惊——生活是世间文章，文章乃纸上生活。它们本来就是一体的。常常有人问："你怎么处理生活与文学的关系？"我说："生活即文学，早晨六点开始读书，这就是我的生活，读四个小时之后停下来做家事，洗一个碗，看窗外的椿树长出新芽，那也是文学。"

生活滋养文学，文学烛照生活，这是一个完整流动的能量环，缺一不可。文学将心脑信息处理器升级，使你对生活的味觉更加丰富，而生活是文学的食粮，喂哺着它。有时，它们也会充当对方的隔离带，而这种离开，是为了更好地接近。就像禅宗里说的："你忘记了月亮，就得到了月亮。"

一副眼镜

自我记事起,就知道妈妈眼睛不好,看东西总是要凑得很近。戴着一副笨重的黑框大眼镜,那个年头的黑框眼镜,厚厚的玻璃瓶底镜片,加上遗照一样的黑色镜框,有一种阴森可怕的格式化的丑,和现在学院派小清新风的黑框镜相去万里。我几乎不记得妈妈去掉眼镜的裸脸,直到有一天,我无意中看到妈妈年轻时取下眼镜拍的照片,才发现我妈真美,五官清秀,鼻梁高挺,皮肤白皙,像林徽因。

妈妈很小就视力不佳,老是看不见黑板上的板书,总是借别人的笔记来补。上体育课时,因为没有看清道路上的坑洞还摔伤过。那时家境贫穷,妈妈又很懂事,一放假就去摆茶水摊子补贴家用,更不敢开口提配眼镜这种费钱的事,直到有次看大舅心情好,才敢嗫嚅着求他给自己配副眼镜。待舅舅发了奖金,就带妈妈过江(他们住在江浦),到新街口配眼镜,他们没有相关常识,以为度数越高就是越高级,给妈妈一下就配了八百度的镜片,那个眉清目秀的小姑娘从此消失,取而代之的,是一个被玻璃瓶底压塌了鼻梁的面目模糊的少女。

那个困窘的、生存尚且大不易的时代,谁能照顾一个女孩子的美感,哪怕是她唯一的青春?我妈虽然是五个女儿里最小的一个,但天性温驯不争,家里姐妹多,都是"老大新,老二旧,缝缝补补又老三",身为老五的我妈,自然没穿过新衣服。每次看到妈妈的照片,那张全家福里被挤在一个角落、穿着姐姐旧棉袄的怯怯的小姑娘,我都想伸出一只手去搂住她,对她说:"你也很好看,真的。"

因为受累于视力差,妈妈对保护眼睛有异样的重视,小时候常常逼我吃特别腥气的鱼肝油,到了黄昏就不许我看书。表哥上初中以后,也戴上了近视眼镜,妈妈忆起了自己的不幸经历,特地带着表哥去四明眼镜店,找了正规的验光师,配了一副优质的眼镜。很多年后,表哥结婚成家了,还记得这些事,妈妈特别爱孩子,那些年儿童服饰业不像现在这么发达,妈妈在吃完鸡鸭之后,把毛拔下来晒干储存,到了冬天,给表哥、表姐和我做手套,表哥那副是深蓝浅蓝相间的,我是浅蓝镶红边,内层是羽丝,偶尔会有鸭毛刺穿布面露出来。

生皮皮时,我妈过来伺候我坐月子,我本来睡眠就差,夜里老要起身喂奶,睡不踏实,生产后血色素一直不达标,处于贫血状态,妈妈心疼我,就把皮皮接走让我休息,日夜不休地照顾她。妈妈累得没力气洗澡,小腿上都起了皮疹,有天我抱着皮皮晒太阳,妈妈突然说眼睛老疼,去鼓楼医院一查才发现眼底又开始轻微出血,累的。

后来老公出事,因为经营问题陷入债务纠纷,我也被连累，官司缠身。长年被法院执行局和债主纠缠威逼，我四处奔走，去上级法院上访，申诉不公，还要一边照顾幼小的孩子，一边写稿为生，专栏都是临时性的，作者要不停轮换，也就是说隔几个月就要失业一次。我每次看到街边举着个牌子"木工""瓦工"，那些打零工谋生的人，就会想到我自己。我被这颠簸超重的生活折磨得筋疲力尽，常常失眠到天亮，连神经系统都急出了病，也无暇他顾。直到有一天，我发现妈妈的手在案板上摸索着切菜，下台阶时总是拿脚伸出去试一下，我才突然意识到她几乎看不见了。因为怕给我添忧，所以不敢告诉我。

我赶紧带着她去看眼科，做眼底检查，妈妈坐在验光室里，对着视力检查表，镜片一块块夹上去，八百度、一千度、一千二百度，厚厚地摞在镜架上，妈妈的头拼命向前伸，可是她还是看不到医生指的那个字母，我闪出病室，眼泪不停地往下掉，妈妈就是拼着用最后的一点视力，在帮我带孩子，做饭，支撑着虚弱的我，应付着我暴戾的爹，维持着一个家的运作。妈妈仍然是那个温顺的捡着姐姐旧棉袄穿的懂事女儿，直到累垮的最后一刻，都不会发出一点抱怨的声音。

医院有个特别温柔的眼科主任栾医生，对患者非常赤诚，叫我们不要花钱治疗，就吃点叶黄素保护眼睛，维护目前视力即可。我四处找朋友和海外代购给妈妈买保健品，带她去换眼镜，店主检查完视力后说："你妈近视度数太高，换新眼镜也无意义，浪费钱而已，别换了。"我说："你给换一副吧，她那副旧树脂眼镜用了两年了，新眼镜怎么都好些吧。"店主看看我说:"你就是想给你妈花点钱,心里就舒服了是吧?"转头对我妈说,"你这女儿真孝顺。"

店主是好心人,可是他说错了,我整个人的情感系统都与道德语系无关,我对老公的爱不是贤惠,对妈妈的爱也不是孝顺,更类似于"对美感的回报"。他们的温柔善良等美好品质一直烛照着我的人生,抵御着人世的冰冷,成为我的光源。

有天早晨我被细碎的声音惊醒,发现是老公在修厕所的灯。那盏灯是我的夜灯,他早起上厕所时发现灯坏了,他怕我晚上没有这灯会害怕,就赶紧修,但如果我没醒,这事我根本不会知道。这是一个爱的意象,无声续接,被爱保护的光明,我妈妈,我老公,他们都是拙于言辞的人,不会滔滔不绝地阐释爱的理论,他们只有爱的动作、爱的行为,他们就是爱本身。这个世界上有很多爱,爱得密不透风,爱得锣鼓喧天,爱得像兽类般野蛮粗暴,爱得像放债一样施重……而爱得无微不至却润物无声,完全不让对方有压力感,我妈真是爱人界的高手。即使他们不是我的妈妈和丈夫,我也会爱他们如珠似宝,这是一个人对另外一个人的感情,与伦理无涉,是以美来酬谢美。

生而为人,我遇到的幸运不多,能成为我老公的妻子是一件,能成为我妈妈的女儿是另外一件。有次,我读到一条新闻,说是一个女儿在妈妈的墓碑后面刻着"愿生生世世做母女",不知这是否是事实,但这也是我的心声。

梅花洗

看了一上午的宋瓷画册，眼睛是满的，心是累的。被大美之物轰炸之后的精神废墟，就是我现在的脸：失神，浮想，出窍。眼前还上演着"一把莲""牡丹纹""卷草纹""忍冬纹""双鱼纹""蕉叶纹""菊花纹""月白釉""玫瑰紫釉""冬青釉""鸡头"和"凤耳"，那些波涛一样起伏的枝蔓缠卷，那些温柔蕴藉的色彩，而它们都栖息在宋瓷上。

一个"梅花洗"，用文字描述，就是一个米白色的浅口笔洗，上面浅刻了几笔写意梅花，可是，对我来说，它简直美到不可方物。"素瓷传静夜，芳气满闲轩"，这首调动了嗅觉、视觉和听觉的感官之小夜曲，为很多茶人津津乐道。"芳气"每天都能嗅到，"静夜"嘛，我的山居日日有，"素瓷"之美，我这是第一次意识到。

哥官汝定钧，我最爱定窑，胜过"雨过天晴云破处"的青瓷。"定窑为宋代五大名窑之一，窑址在今河北省曲阳涧滋村及东西燕村，宋代属定州，故名。所烧瓷器不施化妆土，白瓷胎土细腻，胎质薄而有光，釉色纯白滋润，上有泪痕，釉为白玻璃质釉，略带粉质，因此称为粉定，亦称白定。"

托多洛夫写荷兰画派时曾经说过："如果参观画展照着既定顺序，按照编年方式，那么，到荷兰画派时，会出现视觉断裂。"因为荷兰为唯一没有受过宗教迫害的欧洲国家，由新兴资产阶级掌权，在此背景下形成的荷兰画派一反之前的宗教和历史大题材，转为微物及日常生活颂歌。而宋瓷，总是能在缤纷俗艳、颜色喧闹（如果色彩也会发声的话）的团花和斗彩中，给我一个清凉的静音区。

梅花大概是最能代表宋代美学的花了，骨相清奇，暗香疏影，宋人拿它入诗词，入画，甚至入茶入酒——宋人喜欢用各种香花熏酒，其中包括冬天开的梅花！实际上，在宋代的民间，夏天所喝的白酒中，最流行的就是用梅花熏香的"梅花酒"。冬日里用竹刀取欲开的梅蕊，上下蘸以蜡，投蜜缸中。夏月以热汤就盏泡之，花即绽，如果拿它熏酒，炎炎夏日，拿冰降温后，就是雪泡梅花酒。这不是滥觞狂饮的烈酒，而是解暑的饮料，宋人口味清淡，喝的也多半是度数低的素酒。

但，即使是牡丹这种大富大贵的俗丽喜色的花，在宋瓷上都是安详素净、娴静不争的低音。

宋瓷中的变调也很俏皮，比如宋元吉州窑里的"一枝梅""梅俏月"，是褐底上的黑梅，颇有宋代水墨的风味。还有"兔毫纹"，釉中有丝状黑褐色兔毛般结晶——宋金时期，兔毫盏在江西、山东、河南、河北等地都有烧制，其中以建窑所烧"建盏"最为著名。由于宋代建窑兔毫盏名气很大，所以一些宋代文人对它多有赞美之词，如蔡襄《茶录》云："兔毫紫瓯新，蟹眼清泉煮。"宋代人喝的是碾过的茶饼，要先碾成茶末，佳品的茶是白色的，所以偏好黑色和褐色的厚碗。当时流行"斗茶"，就是"茗战"，也就是把圆形的茶饼研成末，以沸水冲茶，茶末漾起，称之为"汤花"——"乳雾汹涌，溢盏而起，周回凝而不动"，斗茶先斗色，黑褐之类的深色，容易显出茶汤的乳白，便于"咬盏"，也就是沾在茶碗四周。建窑的茶盏，口阔，利于容纳汤花，有的茶盏在近口处会往内部弯折，便于"咬盏"时显出标准线，胎体厚，茶汤不会凉。

还有"鹧鸪斑"，是一种类于光斑或油滴的斑点，由于鹧鸪鸟的背羽为紫赤相间的条纹，外观同鹌鹑，又与沙鸡相像，胸羽白点正圆如立体珍珠，为其他鸟类所没有，所以叫了这名字。"闽中造盏，花纹鹧鸪斑，点试茶家珍之。因展蜀画鹧鸪于书馆，江南黄是甫见之曰'鹧鸪亦数种，此锦地鸥也'。"（《清异录》）。宋僧惠洪曰："点茶三昧须饶汝，鹧鸪斑中吸春露。"我倒觉得，鹧鸪斑让我喜欢的，是那种由无人可预知的高温焙烧过程中即兴而成、不可重复的命运感。这世间独此一件的存在感，有生而为我的骄傲。

"宋代澄泥器皿，修泥简，显大气，具儒雅之韵，外柔美，内刚劲，有'宋形'之称。澄泥装饰，宋简单，求自然成型，重器底，合于道；明代细腻，精雕细刻，重器身，失自然。"所以鉴别宋瓷，只消敲敲器身，考察泥质——我觉得这话不像器物之道，倒像文章之道。讲究瓷质，强调泥性的自然表达，顺势成型，肌理感十足，却不过分雕琢和绘饰，最终成就"素艳"，"素"是面，"艳"是骨。

宋椅和欧洲的齐宾代尔（Thomas Chippendale）家具品牌有点像，宋瓷呢？日益高涨的极简风，源头可能就是我们的老祖宗。我是否该弄个山寨梅花洗放在案头，算是对自己文字风格走向的一个提醒？

月桂糖

前几天,收到了朋友相赠的月桂糖,红漆铁罐喜色逼人,上面用工笔写着"舂杵"。打开罐子,白绵纸包着小糖块,糖大概有八毫米见方,小小的一粒一粒,近乎红糖的颜色,特别的是那种咸甜交加的微妙调和感(因为加了酸梅水嘛),类似于盐水泡荔枝、蜂蜜浸柠檬,是以对比反衬法凸显味觉的层次感。

朋友说:"我们家的月桂糖一直是满觉陇的沈阿姨给我们做。新年前她给我们寄过一包月桂方糖,说是用最古老的做法舂杵制成,是旧时杭州的喜糖。制作过程太为繁复艰辛,一年中仅能做一两次,不为售卖,只是用来赠送亲朋。这次终于帮我们做了一批。"难怪包糖的小红袋子上印着一只只白兔。我问朋友:"这是暗喻月桂树下捣药的玉兔吗?"他说:"是。"真是心思细密。这做糖的古法,在《山居杂忆》里,我读到过。

话说《山居杂忆》这本书,作者高诵芬老太太是个民国闺秀,连学堂都没进过,婚姻也是老式包办的,社交半径狭小,书里没啥波澜壮阔的乱世风云,倒是滤掉这些，写了些旧时吃食、仆佣奶妈、塾师绣娘、女眷交际。整个就是民国《清嘉录》，大家庭殷实有序的日子过得就像孟玉楼走路"行走时香风细细，坐下时淹然百媚"。我喜欢那安然守静，现在闲着没事还常常随便翻两页，循月而读，比如大年初一要吃橘子和荔枝，象征"吉利"；清明淡妆素服上坟；入夏要吃青粳饭团子，也就是把用乌桕叶泡了整夜的糯米蒸成团，还要称人，立秋再来一次，看看苦夏消减了多少肉膘；端午要把菖蒲剪成宝剑，用苍术薰屋子，解百毒；乞巧节用荆柳叶洗头。高家家里有间梅厅，结满梅子的季节，就有用人摘了紫苏和玫瑰花做成蜜饯。

印象尤其深刻的就是这个月桂糖。话说家产号称"高半城"，在西湖都有祖传产业的高家小姐出嫁，婚宴上用了九万六千包月桂糖。婚礼前的那年秋天，全家就参与采摘，再轻轻将花朵从细的青枝上摘下，去蒂去蕊，放入白瓷盘，再浸在酸梅干的水里，这个酸梅水是用咸梅干泡的，这样桂花的色泽就会永远不变了。磨成细粉，要细得跟水磨粉一样。然后把在酸梅水中浸了三小时以上的桂花放入捣臼，舂成糨糊状，加入磨细的冰糖粉，拌匀，使它的颜色跟桂花的颜色一样。然后用力舂捣，直到臼内的桂花糖与臼底完全脱离，毫无黏滞之感为止。将糖粉放入精雕过的印版压制成型，放在置有石灰的矾纸上直到糖变干，再收入石灰箱隔潮。

这个要是产业化流水线出产，便利之余倒也无啥意趣。难得的是它和上坟一样，几乎是全家参与的亲子活动。采花时用人们都出动了，老爷闲着也会过来包两包糖，家里姑娘出嫁的喜糖嘛！想着心里也乐和着吧？多大的喜事啊，九万六千包糖，全家连用人加帮工都包得手酸。而经历了新中国成立后被没收产业、揪斗，全家迁入十几平方米的小破屋子，连阳光都晒不到的苦难时光里，孩子们还能从石灰隔潮的箱底翻出妈妈当年的喜糖，收藏得当，糖居然还能吃。只是其中世事起伏之滋味，大概只是当事人才心知。

之前看苇岸的书，他特别声明自己不喜欢任何一本中国文学作品，他解释说："中国文学中，人们可看到一切：聪明、智慧、技艺、意境、个人恩怨、明哲保身，却不见一个作家应有的与万物荣辱与共的心。"——我很喜欢苇岸，却不能对他这个文学观点苟同，近年来重读一些中日文学作品，越发觉得东方美学的基础恰恰就在于人情迂回、世故周旋，这是由东方人以家族为社会单元的人际结构分泌出的必然的美学结果。这些细碎隐晦的人情得失、利益往返，并不全是贬义的。心机算计、干预自我和牵绊，它有它温暖牵系、秩序井然的一面。比如《山居杂忆》里，除了四季流转的风俗之外，这本书里，我最喜欢的，就是高老太太谈到"人际"时的情味，在家人血亲之外，对仆人也要宽待体恤，为他们养老送终，到了年节一定要祭奠祖先，不忘孝道。

《山居杂忆》之味，就是人情味，是高诵芬蕴藉含蓄的朴厚之美。在生活中，我们偶尔也会遇到这样的人，她以温厚待人，也以善意解人，她的理解力并非高像素的显微镜，聚光于人性的阴暗角落，把他们的脏与恶，雪亮地曝光和批判。高老太太也遇到过剪鹅脖子的坏仆人、差点害死孩子的奶妈、押她游街的红卫兵、抢走祖宅的造反派，但她也就是止于陈述，连分析、评论都寥寥，更没有什么暴烈声讨和愤然批判的欲望，就像她生在富家，享受锦衣玉食时的安之若素。什么巨浪，到她这里也就是拍岸的微波——老太太身上有种让人舒服的低调：顺时不炫富，追忆不炫苦，写作不炫智，而这不夸张不造势的淡然又保护了她自己。

从表面看，高诵芬在人际上很幸运，生来被父母疼爱，出嫁又遇到了专一的儒雅丈夫，连传闻中难处、苛刻的婆家的太婆都很善待她。可是这幸福，我认为一是她那种圆融的正数性格带来的"善业"，另外，也是家教的结果。高诵芬小时候，虽然家境优越，可是长辈们从来不作兴给孩子们穿绫罗绸缎，也不能吃山珍海味，怕"折福"，孩子们吃银耳，也只能吃奶奶碗里剩下的那几朵。想起美国小说《纯真年代》里，大户人家一定把在巴黎采购的光鲜新衣在箱底压三年，显得不那么"潮"才能穿，怕溢出暴发户气息。然而这人工打压过的富贵气，在高老太太经历逆境时就成了承压力，最后酝酿成了老太太身上富而不骄矜的一种雍容之气了。

铅笔的可悔品质

三年级时，皮皮用钢笔写字了。站在文具柜台前，皮皮选了黑笔，说老师指定黑色和蓝色。我说那是指墨水不是笔杆。现在的钢笔，与时俱进，不是过去那种按压式的吸水，而是像针筒一样提起来汲取墨水的。皮皮选了一支唯美的白色钢笔，写了几个蓝色的字。皮皮说有颜色的字真好看（相对于寡淡的铅笔字），我说那还有松绿、茶褐各色墨水呢，下次买……养孩子，就是打开情绪褶子，我们习以为常的，是他们的每日新事。

相较于钢笔和毛笔，我自己对铅笔情有独钟，可能下意识里，在抵抗责任机制……钢笔使用化学制剂的墨水，一旦落笔即无悔，无法褪改，因为它的不可更改，有种契约味道。所以通用于需要担责的场合：一次关乎性命的升学考试，一幢要半生还贷的房产，一个要日日相对、共同承担和分享一切债务和资产的伴侣。铅笔则不一样，笔头松软，落笔轻柔，想改就改，随时可以推翻重来，下笔时肆意得多。

我一直想在作家里找个例。库切这里

写:"罗伯特·瓦尔泽早年写得一手漂亮的钢笔字,但是后来得了手部痉挛,他把它归因于对钢笔的敌意……改用铅笔写作,对瓦尔泽很重要,他把它戏称为铅笔系统,或铅笔方法。铅笔的意义,绝不止于使用铅笔,当他改用铅笔写作时,字体会发生剧烈的变化。他逝世时留下五百张纸,上面画满了一行行精致、细小、书法艺术式的符号,字体难辨到被人当成密码。铅笔方法使瓦尔泽获得了钢笔无法提供的东西……像指尖夹着木炭的艺术家,瓦尔泽需要使他的手稳定地运动,进入某种心境。瓦尔泽的作品,既不是以逻辑写的,也不是以叙事写的,而是以情绪、联想和奇思写的……"

当然,关于铅笔的"可悔"品质,最著名的拥护者莫过于海明威老师了。海明威每天早晨6点半,便聚精会神地站着写作,一直写到中午12点半,他喜欢用铅笔写作,便于修改,最多时一天用了七支铅笔。他酷爱修改,一直改到出版前最后一分钟。他每天开始写作时,先把前一天写的读一遍,写到哪里就改到哪里。全书写完后又从头到尾改一遍;草稿请人家打字誊清后又改一遍;最后清样出来再改一遍。他认为这样三次大修改是写好一本书的必要条件。他的长篇小说《永别了,武器》初稿写了6个月,修改又花了5个月,清样出来后还在改,最后一页一共改了39次才满意。《丧钟为谁而鸣》的创作花了17个月,脱稿后天天都在修改,清样出来后,他连续修改了96个小时,没有离开房间。在令人崩溃的修改复修改之后,他最终取得了成功。

另外,有次看到阿特伍德谈到铅笔:"一、带一支铅笔在飞机上写——水笔会漏。但如果铅笔断了,你没法在飞机上削,因为你不能带小刀。所以,带两支铅笔。二、如果两支铅笔都断了,你可以用金属或玻璃质地的指甲锉大致削一下。"这个大概和无悔的关系不大,而是在特殊场合,即使在飞机这个小小的离地空间里,也有书写的欲望。

看村上春树展示他的书房,非常明净整洁,文具收拾得条理分明,取物该很方便。苹果电脑旁,一排削得整整齐齐的铅笔,一式一样,排列规整,像是随时准备出列的士兵。他是用写作软件的,这个铅笔应该不是主力军。今天重读村上随笔时,发现了这么一段:"原稿的细小修改,我都用铅笔,较之于自动铅笔,木头铅笔更有情味。清早削好一打铅笔,整整齐齐排列在威士忌玻璃杯里,依次用下去……"这种铅笔不是硬邦邦的2H,也不是软塌塌的2B,甚至不是一派和气的HB,而是F……F是处于H和HB之间的软硬度,用村上的话说就是"穿海军领校服的女高中生",原来"F"就是铅笔中的"软妹子"?哈哈,这个触感相当之微妙啊。

用铅笔写成的传世著作,我能想到的是梭罗的《瓦尔登湖》。这个可能是资源优势,因为他爸爸是开铅笔厂的。梭罗老师在图书馆里研读资料书时,也不忘去查询新的石墨研磨方式,以巴伐利亚黏土混合石墨,生产出更细的石墨粉,改进铅芯质量,并设计出钻机,使铅芯可以插入铅笔而无须切开木条,他发明过一种新型铅笔!1847年,三十岁的梭罗在接受问卷调查时写道:"我是个教师、农夫、漆工、苦力、铅笔制造商、作家……"天哪,在梭罗老师人生的路口,教书、写作、做铅笔之间，老师做出了正确的选择！

有次在豆瓣闲逛时，居然看见有人贴出了仿制的黑翼铅笔，这是一种铅笔迷们追捧的热门铅笔。上面有一块与众不同的扁平橡皮，号称世界上最好用的铅笔，"黑翼"铅笔的粉丝们在1998年这种铅笔退市后花40美元才能买到一支。斯蒂芬·桑德海姆、恰克·琼斯（动画人物"兔八哥"的创造人），以及约翰·斯坦贝克、弗拉基米尔·纳博科夫、费·唐纳薇都是它的用户。

云的名字

按照现在流行的术语来说，我是一个"low mover"（指一直待在自己的出生地发展的人群）的人。所谓的定居人格，是对某处的感情和滞留时间成正比。我的活动半径不大，只是在婚前婚后，在南京的市中心和东部迁移过几次而已。我依稀记得，少年时代的暑假，蒙眬睡意中，我听着轰隆隆的机器巨响，可以看见河对岸的工厂彻夜灯火洞明，那是冠生园汽水车间的工人在加夜班，赶制应季的汽水，而在我窗前，那棵树叶浓密的槐树树冠间有萤火在游。春天的傍晚，看见归家的鸽群，映着蹙起的火烧云，在那些一盏盏依次亮起的窗户间飞过，我沿着开满油菜花的河岸，走完放学的路，带着一脚的河泥。

后来，在我家前面，盖上了一幢违章得完全不符合楼距要求的楼房，我家楼层低，这幢新楼几乎挡住了我全部的视线，当窗就可以看见对面住户换衣服细节的那种近身，由此，家家户户都换上了厚窗帘。伴随着童年的远去，我失去的不仅有少年时代，还有中午以后的光照、槐树、萤火虫、暑假安逸的午睡,最重要的是天空——因为居于低楼层的空间压抑感,我自主买房时就特地买了顶楼,这样,一直到我搬到山下居住,在暌别十来年之后,我才重新获取了大片天空,和云。

对于一个常年囿于都市的人来说,云大概就是一种水汽凝结物而已。而实际上,像我这样成年在山边生活、天天在窗口观云的人,就知道,不同于花草树木,云是很情绪化的,表情丰富,每时每刻都在变化。有时做顿饭的时间,半小时吧,窗外已经风流云散或是风起云涌了。我常常拍山顶的云,怎么也不厌。写稿时,我也常常抬头看窗外飘浮的云,放松视神经和大脑,顺便整理思路,看《林泉高致》的时候,特别欣喜地把写云的段落都抄了一遍:"真山水之云气,四时不同,春融怡,夏蓊郁,秋疏薄,冬黯淡。"至于《陶庵梦忆》中的"钟山上有云气,浮浮冉冉,红紫间之",我倒是没怎么见过,或者是山上紫金岩的反光?

还有一种白纱一样的雾气,不是云,而是"岚",这个字,在常态下只是个审美术语,而对于住在山边的人,才知道那就是一种视觉经验。"岚"的本意是指山里的雾气。晴光历历时,那一整屏的、塞满视野的苍翠,就是岚岫;而在雨后,红湿花重时,萦绕在山腰上,茶烟清扬般的白烟,叫作"岚烟";如果这时太阳又出来,照亮山峦,那绿光就叫"岚光"。这种情况一般是在春夏之间,诗云:"岚光浮动千峰湿,雨气熏蒸五月寒。"最擅长写"岚"的是王维:"空翠湿人衣"——这个湿漉漉的"空翠"就是"岚","岚"和云一样,是风和水的爱情产物。

我长年独处,但并不孤独……因为,我唤得出每朵云的名字。当你只想安静地与自己相处,云是一个稀薄得恰恰好的介质和陪伴者。

终于,我买了一本观云手册,对着它仔细研究,欣喜地认出了夏日的高积云、雨前的雨层云,以及晴朗春日常见的高层云,其他的,还有堡状积云、卷云、荚状云、马尾云、雷雨云、鱼鳞云。但我认不清,这些云,它们天天来临,却从不重样。云长于静默,但也是会说话的,每朵云都有自己的诉求:松软的卷积云带来晴日,马尾云是雷雨的前奏。没有完全相同的云彩。我很好奇给云彩命名的故事,后来总算查到了,是一个英国人。

英国人卢克·霍华德,是一个职业药剂师、业余气象学家、虔诚的教徒,是世界上第一个给云彩用拉丁语命名的人。至今,气象学界仍然在沿袭他的分类法。每到周日,霍华德都会去英国汉普斯泰德原野,雨天,他在橡树下踱步;晴天,他就在青草丛生的草坪躺下,仰面观察天空,思考着和云彩有关的事。他把像猫的爪痕或是马的鬃毛一样的云命名为卷云,把密实的堆积在天边的云彩称为积云,把那些连成片的大片不定型的薄云称作层云。每次在草坪上看完云,卢克·霍华德就起身回家,回到家庭和喧闹的伦敦市井生活中去,并且在心中感谢上帝让他看见如此之美的云,及赐予他给云彩命名的荣幸。

这世界上最早给这些白色絮状物命名的那个男人,他唯一并且发挥到极致的天赋，恰是沉默。在他的生命里只有神和云朵，唯一能让他放下云彩的事，就是去战场和需要福音的地方传道。他行进在传教的路上，远远看到一片从未见过的云朵，突然他明白了，那是被尸体的恶臭吸引来的成群的苍蝇和鸟。

有次这个男人重病，邻居家的女孩过来给他读《圣经》，他们自此相爱，但被家长阻止交往，他就给她授课，并在之后十二年的两地分居里通信，去看云——他们毕竟还在一片天空下。真是美好，是小说家的杜撰吗？在维基百科上查到的卢克·霍华德资料只有以下这些骨感的信息：英国皇家学会院士，十九世纪英国制药学家，业余气象学家，创办了知名制药企业Howards & Sons Ltd，生于1772年11月28日。还有人说，此人是试管婴儿之父罗伯特·爱德华兹的先祖。这个……云、试管婴儿，都是某种生命流动又物质轮回的神迹，难道是冥冥中的契合？

阅读树心

昨天下楼时,发现楼东首601、602窗前的三棵大树下面搭了脚手架,几个工人在锯树。我问他们,说是有个住户嫌树枝挡了窗户,他们就来修枝而已。结果我回家时发现树只剩下一米多高的树桩了,我看着满地被锯下的碗口粗的大小残枝,心里难过极了。本来整幢楼前,绿色连绵舒展,和远处的群山接成一片,现在,那夏日蹀躞的绿光,成了一个被挖掉的眼球。我习惯性地望向太阳升起的方向,视线却没有树冠托住了。

我们这个小区,因为在近山的城郊,楼距大、住户密度低、绿化率很高,满目绿色、人烟空旷地住了几年之后,一回到市区楼群密集、市井喧嚣的我妈家,我就觉得压抑。这个小区的树都是常见树种:梧桐、马褂木和水杉。

楼侧是梧桐,别的树叶都要依附于一棵树的意象,它却有一种独自的美,"金井梧桐一叶飘",叶色清嘉,状如葵叶,乘风而落。能够做到"铿然一叶落"的,大概只有梧桐的叶子了。

即使是工作最密集,每餐只能用三明治果腹时,我仍然每天去散步。我常常散

176

步的地方叫樱花西路，但是并没有樱花。只有夹路的桃花，夏天还会落下满地小毛桃，很小，滋味有点涩，只能做蜜饯，它的棱线很可爱，皮皮常常捡回来画速写。这条路上还有水杉，水杉是南京最美的行道树之一，瘦弱骨感又萧然的样子，很古典，尤其是配着尖尖的上弦月时。有次老公值夜班，下楼送他，塞了几袋糯米锅巴给他当夜宵。回家时看见细细的月牙，挂在公安学校寒烟漠漠的小杉树林上，心里突然一阵感慨，这"平林新月"的古词意境，配着柴米情义，就是"世味"吧。

而我家南边窗口的树，是一棵很大的马褂木。这棵树到了秋天，会落下满地黄叶，皮皮常常去捡拾回家，小心地拼树叶画，贴上尖圆的小叶子做鱼头，把马褂木的叶子当鱼尾巴，描上眼睛，画上水草，就是一幅斑斓的海底世界了。我们搬来时，这些树还是树苗，十几年过去，已经可以伸展在六楼的窗下，像是给鸟儿送来一个个唱歌的舞台。每天早晨，我都是在小鸟的啁啾中醒来的，下雨时它们也会躲在叶间——如果谁敢锯我窗下的马褂木，我一定要与他理论！

最近正在看枡野俊明写的园艺书，《看不见的设计》里开篇第一段就是："打造园林时，有一项前提观念，那就是'万物皆生命'。人类必须以诚心尊重自身以外的所有生命。树有树的生命，也有是非道理，然后还有心。石头、土或水，也一样。这是造园思想的根本。"与我家楼下这些自命世界的主人而粗鲁伐木的人相比，枡野俊明，这个僧人加园艺师，以及由他的书中所传递出的对无生命之物的含情脉脉，越发显得动人。

比如造园的时候得植树吧，这时他会仔细观察这棵树，对他来说，树木和人一样，是有脸及肢体的，枝叶发光，树形美丽，也就是树表情较为丰富的那面，就是树表，得对外安放。迎客松则得把弯曲的空间对着客人，以造就虚怀以待的恭迎之态，如果方向弄反了，则会显得冷漠失礼。在不同的成长环境中，每棵树都缓慢形成了自己的个性，枡野俊明的园林书，虽然写的都是造园心得，如何垒石，如何筑篱，但是其实是说禅道。

在植林之前，必须认真地读解这颗"树心"，才能听到它愿意被安放在哪里。一棵刚烈而倔强的非人工栽培的树，往往枝叶肆意舒展，必须得和它好好沟通才行。枡野俊明曾经在一个池塘边安放了野生枫树，那不羁的枝叶伸展在水面上空，俊美壮丽，那正是它最胜任的场所。而那些人工培育的、营养过剩的树，一般都长得树形整齐而乏味，缺乏生动性。这让我想起，中国广西的一些少数民族，进山伐木造屋，仍然得遵循一些古礼，比如砍下的树如果分枝，必须标明方向，将来建屋时仍得遵循这树本意的朝向，向东的木侧还得向东，向南继续向南，你要是仔细观察木纹，能看出四柱的不一样。

并且，野生的树不像人工栽培的树那样营养充足、叶稠工整，会稀疏一些，便于风的穿过，这样的树，比如山械，最适于读解"风"。而安置在瀑布边的红枫，树叶通透、轻盈、易颤，随着瀑布落下的能量带起空气流动，树叶会微微颤动，使人生出在深山的感觉。

画家中最解树心的，我觉得是凡·高，他笔下的树都是带着情绪的。映着蓝天的杏花是在灿烂地笑（《枝头杏花开》），夹着林荫道的白杨树，金色的落叶还挂在枝头，那是秋天最后的浅笑（《深秋的白杨林荫道》），被密密的藤条栅栏围住的大桃花是欢唱春天的哈哈大笑（《果园》），而那些初冬落尽叶子，灰颓的截头柳树则像极了孤寡老人（《艾藤的小路》）。

我想，我为什么特别喜欢读日本人的园林、花艺、草木、民艺方面的书，就是因为在那些书里，常常可以感觉到这种灵性生命的流淌和注入，一颗雀跃的欢喜心，像光斑一样，在有生命和无生命之物上往返舞动。与"物"的关系，不是侵入，而是摆脱我执，以虚心容纳树、石、水，与自然和谐共处。"物趣"不是"恋物"，在含情脉脉的注视和悉心的体恤之中，木石不复是冷淡无情之物，慢慢生出带有手泽的体温感。最终，由"物理"而通向"人道"。听枡野俊明讲造园种种，与其说是了解如何安置一棵树，不如说是学习如何安放自我。

好看的城墙和野花

南京有很多城墙,它们不像西安的城墙那么方正、富有仪式感,也不像北京城墙那么俨然工整,南京城墙柔软而体贴地包裹着这个四季分明、冬夏突兀的省会城市,毫无侵略性地没在你眼角的余光中。晚上去湖边散步,高高的激光灯照出玄武门雉堞的缺口;上中山植物园看花草,太平门青苔点染的城墙与你平行,静静延展;去下关坐轮渡过江走亲戚,挹江门的门洞里,能买到句容新采摘的新鲜草莓;秋高蟹肥,到城南批发高淳螃蟹,长干门下,土话起伏,全是用城南老南京腔调讨价还价的碎声;仪凤门的城墙则是环山而建,如果是过年时去,就可以在城墙上静听山下静海寺的隐隐钟声;而神策门,因为最靠近南京车站,有很多外地人拿它当歇脚点。

某个春雨空蒙的日子,我带慧慧去鸡鸣寺喝茶。我平日多喝安吉白茶和信阳毛尖,今天为了应景就点了壶明前雨花茶,慧慧在烫茶盏、茶壶,我对她说:"你来的季节真好,花开了,树也绿了,配着城墙,可好看了。"我说完就有点羞赧,怕这"自珍"变成狭隘的本地居民意识和书生迂气。但还是忍不住，在下山的途中，拍了攀缘在红砖墙上的刻叶紫堇，和解放门城墙下成阵的二月兰……老砖特别衬新叶春花，端肃与野趣，苍老与娇艳，实在是口感调和。虽然那砖是残破的，那花也是再平民不过的紫堇、小雏菊、婆婆纳、紫玉兰、山桃花、二月兰，但……就是好看。

城墙，这无言的身教，已经格式化了我的部分审美。如果让我去给南京绘制图腾，就是春来一抹城墙上的花影。南京这个城市，不作兴大面积的斑斓，但也没有死气沉沉到死水无波。有次路过明故宫，进去逛特价书摊，废宫只剩下野草离离，石础几处，旁边有一排酒店的服务员在列队练习站姿和微笑，红颜青松，青春与尘土。霎时就有了抒情的层次感，我想，这就是南京。

住在城中时，最常去的挹江门，沿着中山北路一直走，经过周作人和鲁迅读过书的江南水师学堂旧址，就到了绣球公园，如果再往前就是中山码头，周作人曾经在这里登船来宁求学。买下关的土产，挹江门的城墙上，多的是遛狗的老人，偶尔有时会有人吹箫，古意森森地，夹在错落的鸟叫中。我立在墙下仰脸找声音的来处，头顶是密密的梧桐树叶，披沥着碎金的阳光。

天气好的周末，总想去玄武湖边跑步，从南京车站那个口子进去，沿新庄跑到太平门，因为那两天山上的鸡鸣寺灯火会亮起来，跑啊跑，隔着微微的水声和漆黑的水面，路过树影森森的梁洲，看着那灯火通明的塔身越来越近，在远处就是黑影沉沉的太平门，美……所有的古城都是入夜最美，夜色滤掉了大工地般的城市喧嚣，我想起这是一个曾经有过东晋、南朝的古城。想起"南朝四百八十寺，多少楼台烟雨中"，想起读过的谢宣城"大江流日夜，客心悲未央"，虽然这只是湖。

跑到西安，当然要去看他们的城墙。西安是个开阔古朴的城市，钟鼓楼和雄伟的城墙都理直气壮地立在闹市，好多新人穿着汉服在古砖前拍婚纱照，满街都是"汉唐""大唐""秦"的字眼，以其命名的建筑、酒店、小吃店，古意沉沉全都溶解在现代化的气息里。我带着对南京城墙的经验，在上面逛起来，结果累得不堪。这城墙之长，远远超出我的预计，朋克装扮的洋小伙儿，骑着租来的自行车，大声对迎面而来的陌生游客喊着"你好"，那发音是五音完全不准的汉语，站在城墙边看墙根下，书院里一色的歇山顶，背后金色头发的小伙子渐渐远去，古今中外，时空恍惚。

而不管在任何一个城市，只要看见城墙和花木的组合，都会让我感觉回家了。无论是桂林广师大旁边的小城门配桂树，还是苏州的胥门配香樟树。有一年去川西，当地农民家的房子都围着石头院墙，不规则的石块堆垒而成，上面放着破瓦罐和旧脸盆养着的小草花，粗器贱花，但……就是好看——那荒凉中的艳与寂。

曾经读过一本书，作者生活在瑞典的一个小岛上，常住居民约有三十个,文章在娴静底色中有丝丝俏皮,清淡的疏离感蛮舒服。有段深得我心,是写瑞典乡间的石墙:"石头墙有时把红柳兰抱在怀里,有时和一丛挂满浆果的野玫瑰说着情话,墙边除了开花的苹果树,还有獐耳细草、勿忘我、野草莓和橡树,及在休息的马牛羊——在石头墙的串联下,平静乡村生出无言的喧闹。当所有的花草动物都褪去的冬天,它被白雾缠绕。石头墙配啥都得心应手,是乡野风景里的唐璜。"

时间的果

大事冬藏,小事冬算

记忆的折痕

时间的果

一口锅的生活

夜市

爱是一生成熟的果实

有些虚度,会长出翅膀

我们不善告别

大事冬藏，小事冬算

元月22日，一夜落雪，早起端杯咖啡站在窗口看山脊上的薄薄雪线，层林略染，冬日的山，懒如睡，现在等于盖上一层薄纱被。老友在荷兰，说是早晨路过一条冰冻的河，发现天鹅被冻住了，政府出动动物救护车救走了天鹅大人。接着23日、24日，寒潮压过中国全境，早晨起床第一件事就是赶紧开水龙头，看看冻住没。结果没冻，正在欣喜中，发现水瓶拎不动，原来是昨晚倒水时，有水滴聚在水瓶底部，夜里给冻在地面上了。

开暖气，想找书看，往年冬天我都是看俄国文学，2004年干脆写了个"白色俄罗斯"系列，写完之后，像是对情人热烈表白后，羞怯之心顿生，今年突然无法再看它们了。这么冷的天，又该看什么书？脑海里掠过几本高纬度气质的冬日之书——《外出偷马》《遥望》《最后一场雪》《看得见的湖声》《孤独之酒》，不仅因为书里的故事发生在多雪寒冷地带，也是为人物和情节的疏离清冷，如初雪，如结冰的池塘，因深浅不一而泛着不同色的光。

最后，在书架上取下《蒙元入侵前夜的中

国日常生活》来看，这书取用的资料多出自《梦粱录》和《武林旧事》，再把后者找出来翻对，又寻出《东京梦华录笺注》来对比，看看北宋南迁的一百多年里市井生活、风土风俗包括街市食物的微妙变化。读着读着，电话铃声响起，快递员到楼下了，我囤着预备过年使的化妆水和口红都到了，连忙披衣下楼拿货。我住顶楼，正下楼，就听着一路铁门咣当响，动静甚大，三楼、五楼的姑娘、大婶也纷纷倒屣而出——水泥森林之年代，人情稀薄，邻里关系疏淡，这平日半年也见不到一次真容的邻居，这下穿着拖鞋、裹着棉衣，全都聚在楼下……等快递。此为冬日盛景之一。趁机寒暄几句，复习了面容，下次在路上也记得打个招呼，不至于拼命给记忆倒车地想："这人在哪里见过？"

中午日温最高时，才敢穿戴严实地出门买菜。下雪前一天，菜场里一片慌乱气息，像是《滚滚红尘》里的国民党军队大撤退，渡海求生的绝境场景，菜贩子都在嚷嚷："明天就是霸王寒潮了，到时青菜都要大涨价！"菜摊子前面，绿色蔬菜的上方，都是颤颤巍巍的白发涌动，大爷大娘对于三年自然灾害的记忆，只怕都给菜贩子激活了，我也随着群情激涨，莫名其妙地买了三斤菠菜。入口处那家专卖羊肉片和火锅丸子的，深红的牛肉片还有几大袋，淡红的羊肉片已经渐渐见底，老板走过来看看，说："又要去刨了……"天寒欲雪，正是吃小暖锅、喝小酒的时节。

买菜的路上，偶有干枯栾树的菱形果实被风吹落脚下，踩上去有脆响，也有出来觅食的小鸟掠过叶梢，惊起一片落雪。例行寻觅植物，玉兰的光枝从警察学校的围墙里伸出来，只有我知道，到了三月底，这个角落，将会盛开一树明艳，把四周的空气都照亮几个色度。小区的灰墙上有些枯竭的残枝，也只有我能听出那密语，到了四月，这里会有粉粉的迎春花爬墙。

跑到别墅区去看冬花——那里家家户户都有硕大的院落，且每家风格各异，第一家门口有两只石狮子守卫，院子里是满畦肥硕的自种大青菜，成排的腊肉油光发亮，殷实美满；第二家是欧式装修，有刷了白漆的栅栏和信箱，两只猫在木头栈道上打架；第三家，院子里空空落落，一色摆设皆无，只在院角种了一棵骨相清奇的大蜡梅，树下一只鸟立在水池上。这三户人家一路逛下来，正如从励志书读到通俗小说又读到宋词，去富贵气，也去浊气。蜡梅忌热闹，最好是配古刹或老屋，如果没有，这么寂寥的墙角一枝春也挺好。那棵蜡梅树，我常常绕道去看，折枝下来，配上红灿灿的南天竹，是最好的岁朝清供，然而我只能远观。在网上订了支号称蜡梅香气的菩璞手霜，聊解相思之情，约略仿佛得蜡梅之香，却少了一段清韵。或者买盆水仙？"晴窗花落砚池香"，那天舒行说落在砚台里的，应该是水仙花。

今天我不想临帖，倒想画花，因为要下手画，才找了顶雪的一株白山茶，仔细观察实物细节：我过去一直觉得茶花甜美平淡，是庸花，其实它虽然是团团脸，一脸和气喜悦，却长着锯齿状叶子，茎上也有微微的突起，花缘更兼有严寒中冻蔫的黄色锈迹，像是一团圆满中的，小小的逗号、省略号和括号，平添了剧情。又去查《花镜》，里面居然有茶花名谱，我之前是读过《牡丹谱》和《梅兰竹菊谱》，不承想，茶花也有很多名字：玛瑙茶、白宝珠、杨妃茶、赛宫粉、石榴茶、一捻红、照殿红、踯躅茶、串珠茶、茉莉茶。高高兴兴地抄在笔记本上。其实最美的冬花是窗玻璃上结的冰花，霜华霜质，像钻石。

冬日最喜欢炖汤煲：广式老菜干汤炖了几次，加陈皮和罗汉果说是止咳，结果皮大人不爱吃，嫌有异味；净本的菜干汤，又觉得不及我们江南的菜头汤——过去家家都有腌菜坛子，到了初冬，就开始买菜贩子沿街吆喝兜售的大青菜，微盐码起，晒在朝南阳台上，入冬就拿来炖汤。初冬去扬州，东关街老房子的屋顶上，瓦片上累累的全是腌菜；山药排骨汤，这个汤的要点是一定要买褐皮粗节的毛山药，炖久了像勾芡，皮大人拿它当粥喝；干贝排骨甜玉米汤，这是我个人的最爱，甜咸微妙共处，又鲜润。

再翻翻前几年的日记，一到冬天，都是这样的时间切片："初冬街上，老妇守着炉子烤苹果和红薯，炉膛里塞着大木块，又有人拖一车风信子驶过。"（2012年）"备足了食物，又买了大包的鱼食和两支新毛笔。雪天不出门，写写大字，读读旧书。任它窗外雪如梅落繁枝千万片。"（2015年）好像，就是动物本能届时发作，入冬就想洞穴生活，冬藏。

2013年冬天，则是看一本谈时间的书，写到很多北美原始部落以"冬算"为载体，记录他们的部落史。冬算是什么？就是每年冬天，在咨询部落长老之后，"冬算保管者"就把这一年最重要的事情以图片绘制下来。冬算保管者的职位世代相传。

这职位听着很像中国世袭的"太史令"。不过，太史令不但负责记录史实，也得观察天文，凡日月星辰之变及风云气色有异，就得向圣上汇报。少年时代，我很沉迷于一本写星星的随笔集，至今仍怀有浪漫的记忆。其中有一篇叫《北落师门》，写的就是观星象的职员，他每天夜里上班。最后王朝更迭，这个官员由南朝被掠至北——北落师门是南方大星，这星星应该是隐喻。

好吧，且让我们以围观"微博年度最热新闻"的心态，来看看北美部落的冬算年度大事是啥。如下："1789年，某位统治者登基，他们戴着蓝翎毛"——改朝换代，新天新地了，大事；"1803年，部落获得了一些带掌的马"——打胜仗了吗？征服的骄傲溢于画面；"1844年，必须穿雪鞋"——天冷，对于农业及游牧社会，物候极其重要，关乎百姓疾苦；"1919年，出现彗星"——似乎不吉利啊，放在中国，太史令要连夜

189

进宫面圣开会了吧;"1912年,孩子们生了麻疹,全身斑点,一颗曾经极亮的星在天空消失"——全是简笔白描,淡而直陈,却有着素面而来的悲剧意味。

历史终究臣服于宏观语境,在这些骨架式的大事树干上,又有多少兀自开了又落、如花叶自枯荣的黎民小事?这世界端给每个人一杯茶,那沸时暖心暖肺的热、世情凉薄累积的寒,不曾也不必对人言。大事冬算,小事冬藏。

记忆的折痕

前一阵子我去参加小沈的读书会,很是佩服她的即席谈话。她并非口才卓越、滔滔不绝,也不是唾珠咳玉、句句格言,而是保持回忆的完整性,比如谈起她的初恋,她说自己在午休的时候唱歌,想对方进教室时就能听见,诸此之类琐碎的、不起眼又很真实的记忆,是带着汁水的那种,还原了一个小孩子的视角。

我很钦佩,是因为自己的中学时代,非常压抑苦闷,度日如年。我算是个记性很好的人,但关于中学时代的记忆居然全都模糊,想来是潜意识逃避,把记忆反复折叠,只剩下折痕了。中学时,我的家庭开始出现问题,爸爸酗酒,常常在家喝醉闹事,我和妈,有时被打,半夜逃出去,因为离家很急,只穿着拖鞋。

我最好的朋友米拉就是我的中学同学,我们当时是班上成绩最差的两个。期末考试成绩出来,我们都不知会不会留级。她爸妈离婚,我爸妈长年不和,反正都是没人管的,我们常常逃课去看电影。儿童电影院效益不好,靠放老片子来拉客,大白板上写着片名,观众想看哪部就在下面画线,最后看哪部电影"正"字最多,就放哪部。

有时我去她家住,她家在大桥下面,两个

191

人对着呼啸而去的火车，把一支烟传来传去地抽。我们结伴去邻省爬山，因为钱少，住最廉价的旅馆，没厕所，半夜跑去上那个男女混用的洗手间，撞上猥琐男。若干年后，我结婚，我少时的好闺蜜，在困窘的失业中，穿着一件皱巴巴的套装，跑来塞给我一个大红包，是六百块，当年城郊接合部的房价，也才两千块。

后来她去酒吧做兼职，体验生活，而我被文学收留了。那个时代出版物非常贫瘠，为了找到一本好看的书，颇费周折，我很腼腆，新华书店的柜台营业员稍微凶点，我就不敢要求先翻再买，所以有时会买错或是买重。印象很深的是一套青少年文学，里面有陈丹燕的《女中学生之死》，里面的宁歌，天哪，原来大家都是这么难地在成长，那本书一直跟了我很多年。为了读到我听闻的《情人》，我只好去买了一套外国文丛，里面的一本里选入了这短短的一篇小说。《台港文学选刊》上的一些中国港台作家的篇目让我觉得眼界大开，很多年后我再读欧美的现代派，觉得当年的自己真是见识短。但是，那种对新鲜信息孜孜以求的饥渴，其实才是最可贵的吧。

毕业前夕，我特别想上一所艺术院校，但是当时是1995年，资讯不发达，我趁人不备悄悄拿了学校里无人关注的北影的招生简章（我所在的高中是个名校，都是奔着北大、北外、清华去的），我仔细查看了下，觉得电影文学专业是我可以考虑的，但我不知道全国只招十二个人的话，该怎么去竞争。我妈突然想起当年她们有个邻居，追过我姨妈，考上了北影的美工专业。我妈拿着一张旧时的全家福（有我姨妈）就奔到北京去了，经历了很多曲折，找到那人，那是个倨傲的、腆着大肚子的中年男人，看看照片，大概想在当年追求被拒的女人的家人面前展现下能力，就让我们在考前去北京速成培训，顺便找找人。

我在学校请了一个月的长假，和妈妈去了北京，住最便宜的地下旅馆，有窗，形同虚设，没光线，空气很差，吃盒饭，去那男人介绍的一个北影老师那里上课。老师人很好，给我开了书单，画了重点。第一轮考影评，在一个上公开课的大教室里，那一轮筛选了一半的人。第二轮是理论，其他的考生都是断断续续上了一年左右专业课的，而我只是临时抱佛脚。去看榜的时候，远远地，我就瞄见了我之前的那个准考证号，还有我之后的，但是，没有我。

那是一个一辈子都不能忘记的黄昏——是黄昏吗？总之我记得那天天色很昏暗，我不记得是怎么走回旅馆的。其他考生中本地人居多，顺带考下艺术专业，并没有我这么高的期望值，也不是远道而来，所以落榜了也能叽叽喳喳地聊天，并不是我这种瘫软的状态。我妈妈难过到不知该怎么安慰我，我一路走着，不理她。现在想起来，觉得我妈妈真伟大，就为了一个十七岁孩子非常幼稚的、没有一点具体形状的艺术梦，能去北京那么远的地方，只为了陪一个孩子做梦。在北京的一个月，她已经找到最便宜的菜市场、修鞋摊了，我们的房间只有一张床，她一直蜷着睡，这些，我当时都没想过，只顾着自己伤心。

回南京后，没有同学问我这个月去了哪里，我从来都是一个不停逃课、时时不见的坏学生。浑噩地混完高考,成绩可想而知。全班好像就我一个人没考上大学,爸爸说成绩太差,求人帮忙都开不了口,我倒觉得解脱了,从此再没有学校和好学生的歧视,可以任意地看书了。但是二十年过去,只要是遇到压力巨大的时期,我都会做一个重复的噩梦,就是在考场上,同学们都是下笔如神地疾书,只有我,什么都不会。

也就是从十八岁离开学校开始,我下定决心,不管有没有人教,发不发毕业证,我都要顽强地自学,成为一个博学的人。在给老板买水、打杂的间隙里,在午休的那一个小时里,我都带了水杯去图书馆自习。那时金陵图书馆在长江路上,离我上班的地方很近,我从来没去过更近的新街口——那是南京最热闹的商业街。

我没有老师给我开书单,也不知该从哪里学起,就使用最笨的方式。喜欢西方文学,就把架上所有的小说一本本借来看,然后再往边缘扩张,找一些背景资料书,最后往上溯,找一些研究和总结的理论书。一个阅读单元结束以后,自会延伸出新的书单。过一段时间,就要换个研究方向,中国书看久了,就得读点西方小说来换口,否则刀锋就不利了;思辨书看一阵,马上读点茶道花谱,滋养静气。就像荤素搭配一样。这些,都是在长期的阅读中,培养出来的自觉。

多年后,我写苏俄文学笔记,发现我记忆中储备的资料全是年轻时的童子功,那些动辄数十万字的书,像"野有蔓草"一样,长满了我的青春期,只待我在遥远的未来,把它们收割。我对知识如饥似渴,有时一两天就去还一次书,工作人员都用异样的眼神看着我，我赶紧借别人的身份证，多办了张卡，好拉长还书周期……后来我成了职业书评人，很多人向我咨询怎么系统地读书，我都不知该怎么回答。我觉得只要你爱，一定能摸索到门路。这个对书籍的好胃口，我维系了一辈子。

这些年来，我经历过很多挫折和苦难，2008年到2014年间，因为老公的连带关系，我足足打了五场官司，我带着孩子在妈妈家避祸，无法安居。有时一边被这家法院执行，同时又被另外一家复执，这厢要安排律师申请复议，那边还得去另一个区的法院找院长上访，请他们中止拍卖程序……夹在一堆熟门熟路的老上访户之间，我慌乱不堪，只好一遍遍地背我的申诉书，让自己凝神。那夜不能眠的恐惧，真是噬骨钻心。

这些痛苦，最终都没有毁掉我内心的幸福感，只要能维持生存，家人健康，我还能读书，我还是很容易快乐起来。物质确实流失了，可我在精神上仍然是富裕的。我想，我之所以没有被彻底摧垮，是因为我爱文学，在这个词组里，"文学"是次要的，"爱"才是最重要的。文学，在这个时代，可能是一个笑话，但它是我内心的漫天星光，照亮这黑暗的人生。爱文学，是我生命承重的结构部件，并非种花的阳台，也不是生命的某一个走廊。

心情不好时，我常去山里看树，树这个意象，给我鼓励之处在于"定"。它没有一定要抵达某处的焦虑，它自身所在即是归宿，只要按照与生俱来的模式花繁叶茂，发挥到最大值。我始终是那个十八岁的文艺少女。时不时地，我会对黄昏中被绝望和惶恐压垮的少女说："你看见了，我不会放弃，你放心。"那个黄昏，种下了日后的很多晨读和夜读，我不怕辜负任何人，只怕辜负十八岁时的自己，我没有背弃她，没有丢掉那颗滚烫的初心，没有。

时间的果

彻夜点蚊香留下的气味，苦瓜炒豆豉的苦香，阳台上的衣服是用竹竿穿起来晾出去的，因为住在山下，风大，怕被刮走。都是旧衣服，穿了太久也洗了太多次，那洗旧的棉花才有的绵软和熨帖，几乎追随了我身体的形状……写写稿，看看山色，心里，慢慢就回放起那首懒懒的《老夏天》。

很多女性都有强烈的购物欲，看见卖场或电商广告上的新衣服就心动，恨不能立刻收取囊中，即使衣柜里已经满仓满谷，飞不进一只苍蝇，还是想买。每天一上网，就是扑面而来的各路电商广告、商品推送，我会生出恐慌，那些色彩缤纷、款型别致、堆满仓库、挂满衣架的衣服，一件推搡着一件，它们都是些性急的产品，做出种种媚态，大声嘶喊着自己的存在，只为了让人注目。那些衣服，是踩着流行的节拍大批量复制出来的，它们不需要追求精工细作的质量，因为容易穿坏也不怕，那样更能促进消费，反正每年的风尚都在变。

大量的购物真能满足一个人吗？占有数量和满足度倒是往往成反比，购物狂都是越吃越饿的饕餮。就像爱得少的人，往往更懂得爱情……我想，这是因为产生关系的能力、深度，比数量更能体味一个事物的质感。

我觉得衣架上那些簇新的衣服，罩着塑料袋，笔挺的版型是浆过的效果……那是一件和我尚未建立关系，完全可以属于任何一个人的、没有血肉感的"物"，不曾和我体温相依，或是成为某件历史事件的代表着装，出没在记忆里。新衣是"恋物迷心"，而穿久的衣服和我一样，在夏日冬寒中老去了，结成了"时间的果"，那才是"我的"。

在日本工艺大师赤木明登的访谈录里，他采访了一位女服装设计师：坂田敏子。她开着一家很小的服装店，她说："很多人说把我的衣服穿得最妥帖的是我老公，我觉得那是因为他穿一件衣服就穿好多年。衣服慢慢磨损、变旧，与人越来越贴合。这么慢慢地，把一个东西驯养成自己的。"——而我第一次在文学中看到"驯养"这个词，是在《小王子》中，在一个奇怪的星球上，小王子遇到了狐狸。"来和我玩吧"，小王子向它提出请求，狐狸说不行，说它没有经过驯养。小王子问什么叫"驯养"，狐狸说就是"建立情感联系"。

上个月，去朋友的陶社喝茶，他给我看一个镏金的杯子，这是一种现代陶瓷工艺，不同于以往的嵌金或贴金，这是把金片通过化学方式熔到杯壁上去，年代久远后，这个金色会慢慢褪淡，就像紫砂壶被长期养护之后的温润，在杯子的色彩上，可以看到时间的痕迹。"有人天天给紫砂壶浇茶水，想快点把它养出来，其实不必要，就是要慢慢地等候时间的效果嘛……"朋友说。茶道中，很多茶具是家传的，通过集中使用、反复使用，产生手与物的情感关系，积累出一种物的体温。

包括一段感情，在初始阶段，你怎么能分辨出，那是激情、荷尔蒙反应还是新鲜感呢？感情的初段，都面目相似。浅表关系，和许多人都能建立，而只有时间，能让你们彼此烙下对方的印记。

我喜欢那"旧"，以及那时间才能带来的，对彼此的确认和归属感。

我想，喜新的和喜旧的，是两种类型的人吧。前者爱新鲜，喜欢事情的初始阶段，转向灵活，学东西，建立感情，都很容易上手，但无常性，后者则相反。当我和前者在一起，有时会生出那种老师在给复读学生上课的感觉，觉得自己老是用陈旧的语气、句式，说一些陈旧的事。笨拙地转了几个话题之后，聆听方都毫无兴奋度，发现对方心意阑珊，我也很沮丧，用语言形容那种难受就是"我为自己的陈旧感到抱歉"。而对和我同样性格的人，可以安心地享受寥寥几句低密度对话，生出松弛感。虽说相见亦无事，但无事亦喜悦。

一口锅的生活

搬回来住的时候，只有一口锅。很常见的汤锅，基本款，平底，口径约为四寸。一切烹饪事宜都由它勇担重任，炖煮是它的天性，不必多说，另外，煎蛋、炒菜、红烧五花肉，这些本与它的功能区无关的事项也由它兼职了。汤锅容量有限，且是平底，翻炒之类的技术活儿几乎完全不能做，只能拿饭铲胡乱翻个底，因为工作范围超负荷，受热面太小，汤锅愤怒地升腾起一阵油烟。

我常常去妈妈家，我妈是个爱家妇女，家里有很多闲置厨具，她每次都让我带个炒菜锅回来，我总是推脱——除了背包之外，我得背书，把在妈妈家住的那几年积累下来的阅读量，一本本背回我自己家。来来回回，蚂蚁搬家一样，三本两本地，差不多背回了一个书架。为了怕丢，整套书都是像婴儿一样抱着的，回家时，手要酸很久。

我仍然没有背回一口锅。

这个大概说明排序问题，对我而言，精神食粮重于口粮。有次我看G接受访谈，说她住在外面的靠乡下的地带，带了画架和几只猫，用村子里的水和电，写书，画画。问她，朋友来吗？说不来，因为"我只有一口锅"。

我想，这是一种态度。一口锅，就是一种向内生活，在最简糊口条件下，全力做喜欢的事，也无暇应对交际。既没有家庭意识，也没有定居感。而只有在一个地方扎根了，有了感情枝蔓，有要荫庇和照顾的家庭成员，才会想着用不同的锅，做各式各样的菜式，给他们吃。

后来，官司陆续打完，风波渐渐平息。慢慢地，安全感生出了定居感。我时常在厨房高举着手机，不是看微信，而是对着"下厨房"的微博菜谱同步做菜。也会关注它们市集上的特价"帅锅"，从粉色炖锅，那个"厨房中的爱马仕"到松下电饭煲。梦想着不远的将来，等手头富裕点，买口德国锅。

我的厨房，无声无息地多了很多小家电：深蓝色的电水壶，像深情的海洋，我从货架上一眼相中它，不想噪音大得可怕，这大肚子家伙的咆哮成了我每天的晨曲；小小的一人咖啡机，简单的滴漏式，差不多就是个通电的手冲杯，滴答滴答，每天咖啡粉被热水激起的香味催醒滞留的昏沉睡意；料理机发出轰响，厉声为我打出温柔的香蕉奶昔；电炖锅：这个锅我考察了很久，大小、容量、功能、品牌，最后还是随性选了个最美貌的。我一般是用煤气炉把汤底烧开了之后，把各路食材一股脑儿扔进去，调到文火，就不管它了。

炖汤是我最喜欢的一种食物类型，羊肉当归汤是温暖冬日的归宿，绿豆汤是夏日的清凉，一排排的食材：枸杞、黄芪、红枣把我的搁物架搞得热闹缤纷。我最爱的是当归，无论什么汤，加上几片，立刻变成了淡淡的药香中的深长滋味。它是汤材中穿对襟、读古书的老夫子。春来的时候，春笋上市，还可以拿小号砂锅，盛了咸肉、鲜肉和竹笋，做一锅"腌笃鲜"——"笃"这个字在南京话里也有，就是小火慢炖之意。我很喜欢这个字，慢且稳的悠然厚味。笃定、笃然、笃厚。笃笃笃，踏着春天的马蹄，一锅咸香美味来了。

这个靠谱的电炖锅，相当长一段时间里，被我温情脉脉地在微信朋友圈里提起，人家都以为我有了新欢。作为一个一旦开始读书就会忘记炉火的阅读狂人，这个贴心又省心的厨具，实在是胜过一个揪心又添堵的男人。

有次我妈来看我，大提兜里，装得满满的，细摊开，一样一样审视，原来是钢丝、洗涤剂、洗衣液、擦碗巾、理好的生姜块和葱段，最后，主角终于登场，一口擦得锃亮的炒菜锅！炒菜锅真的是厨具中的花旦、华彩女高音，无论什么食材，给热油一烹，立刻活色生香、充满灵魂感，仿佛人类正处于恋爱期一样，焕发出最高峰值的神采。心情低落时，看见一坨蛋液开出淡黄的蛋花，都会开心起来。连猪头肉这种熟食，我都喜欢再炒一遍，就像听一个人回忆他的恋爱往事，死气沉沉的切肉立刻红光满面，霎时回春。

家，不仅是人，也是很多锅的聚居地。不知我的家，何时会变成妈妈家那样，连水管上都高低错落地绑着铁锅的盛况？

● 夜市

妈妈家楼下的夜市被取缔了。遥遥地听说这件事，没有具体的感受，直到某晚出门散步，突然感觉"浮力"发生了改变——原来灯火通明的街上喧闹嘈杂的人堆都没了，挤挤挨挨几乎瘫痪的交通也畅通了，大小喇叭不耐烦的鸣笛夹杂着夜总会的歌声也静默了。混合起来的结果就是，这条街变稀薄了，我无法像往日一样，晃悠在人群里，手插在口袋，眼神游离，享受完整的孤独了。

现在，我走在比我更寂寥的街上，和它比冷，比安静。它是小街，没有上海福州路夜半老房子扑面而来的森然，没有厦门海边夜路的空旷，它只是光秃秃的静。皮皮买过小发夹、小袜子的摊点，冬天买暖手宝夏天配散热器、那个耳机坏了一只就能帮我调换的爱笑的摊主，一下都消散在空气中。他们中的很多人，平日就租住在我家楼下的棚户里，每天午夜，都能听到他们洗澡的泼水声，讨论生意的高谈。这些人，都不见了踪影。

我是一粒在静水里被融化的静离子。你想象一下糖屑纷落如雪花的样子吧。

也就是这几年，南京的夜市悉数被清

除：广东路的，马台街的，新民路的，板仓街的。多年前搬到山边时，带了风铃，后来发现山居不宜挂风铃，因风太大，难得微风吹拂的碎声之美。之后我听惯了北风呼啸、秋风漫卷，只偶尔夹杂着夜车的呼啸、早班车的报站声，还有就是时不时骑车来叫卖桂花酒酿的小贩，收破烂的吆喝声。另外，在隆冬，炸炒米的也会来摆摊儿，这个老头除了像其他炸炒米的老爷爷一样带着裹头巾的老伴之外，他的配置有别于城区炸炒米的，就是头上多了顶照明的矿工帽，脖子上挂着一只哨子，在"轰"的一声炸响之前，会用哨子声预警附近住户，我们小区太安静了，大家并不介意这些偶尔来袭的市井之声。

对了，因为在城郊接合部，前些年还依稀有农业社会的遗痕，就是在四月底五月初，有赶集和庙会。在开集的前夜，会有搭建脚手架的嘈杂，兴奋的人声吵闹，拖运货物的杂音，到了第二天开集，连公交车都被堵住，我们住在临街的高楼，会听到不绝于耳的叫卖声，摊贩放的通俗歌曲声。那是一年中罕见的喧哗时段。

十年后，我回到市区住了几年，又渐渐习惯在满耳的喧闹声中入睡。

而它们，都一一消亡，遗址一律变成了收费停车处，冷冰冰、阴森森地占据着夜晚的街道。板仓街的夜市是我城东生涯的一大乐事，我从樱驼村要走二站路才能到，就是图个山居生活之余，能沾惹点人气。这个夜市临南师大的紫金小区和南林大，来来往往都是学生，刚刚吃过晚饭，散着洗过的头发，穿着随意的家居服的美眉们，抱着刚买的洗脸盆和新衣服，朗声笑着，擦肩而过时，可以闻到洗发液的香气，那是青春的体味。这里有家非常别致的小店叫东城西货，拆迁前大甩卖，看着那些精心养殖的苔藓和手作陶器被贱卖，我有点难过，买了一对陶器小房子做纪念，那对房子是黑白双色的，像安徽民居。我把它们放在西西的《看房子》这本书的脚下，特别衬。

现在偶尔路过，还会看到店铺后面的墙上各类店主的留言，颇见性情。有的是喷漆涂鸦，说几句江湖再见的玩笑话，有的是郑重其事且务实主义地留下新店址地图，有的是书法歪歪倒倒的咒骂强拆。

而广东路的夜市，简直是皮大人童年的一部分。夏日的傍晚，吃过晚饭，趿上凉拖，穿一条热裤就可以下楼逛夜市，目的也很模糊，也许是给掉了扇叶的微风吊扇换个叶片，也许是买杯甘蔗汁——春江水暖鸭先知，在我这里，似乎在夜市最先看到夏天的颜色：红的是西瓜汁，黄的是黄瓤西瓜，白的是木瓜水。

如果是晴天，夜里的合欢，被炽热的暑气蒸出甜香。如果是雨后，那就是小叶女贞混合着七里香的清凉香气，这些雅乐之外的主旋律，是烧烤的烟气和龙虾的蒜泥味道，身材最好的龙虾被拖到店门口展示，大大的充气龙虾红彤彤地立在那里，是招牌。皮皮最爱打枪，一块钱十枪，打碎了的小气球发出轻微的噼啪声。我最爱逛花摊儿，皮皮在那里第一次认识了红掌和珠兰，还有茉莉。那满地的花，会让我想起"苹末风微六月凉""帘内珠兰茉莉香"，还有暴雨突来时，狂奔回家，光脚在木屐上打滑的时候，会想到"煞风景是大雷雨，博得游人赤脚归"。那是看荷花的人被雨淋了，想想也很美。

夜市上有很多吃食，虽然都是粗糙的，草草收拾了一下就端出来。凉皮，白的凉拌，红的是加了碎丁羊肉和芹菜炒的；烧烤摊，羊肉、平菇、韭菜、年糕片、面筋，同样的食材；还有油炸的摊子，这些被临时拉来的白炽灯照亮的摊位边上，围了一圈等待的人，摊主的脸被火烤得通红，孜然粉的异香扑鼻；龙子羹，摊主手提一尺高雕花的大铜壶，堪称最有舞台感的夜市小吃；酸梅汁，吴姓摊主用老梅子熬的，味道醇厚。

夜市上也卖非常廉价且质地很差的衣服，因为夜市通常靠市民区或学校，所以这类穿不了几次就走形的衣服也能卖出去。生意不好做，顾客把价还到很低，最后还是不买，摊主对着渐渐远去的客人大声叫骂，骂她没有诚意，怒骂的底色也许是对这怎么也推不开的生活的碾压感到愤怒。日子久了，和摊主混熟了，几乎是近邻的感觉了，还价时也气壮了，不那么害羞，"此中端有淡交情"。

有时会遇到用三轮车拖瓷器来卖的小贩，买过青花杯种袖珍椰，小瓷瓯装散粉。现在网购那么方便，小清新的和风瓷器在网上买非常便宜，但仍然乐于在一堆瑕疵品里挑挑拣拣。在宏村住过一个晚上，那里近景德镇，所以满街都是卖瓷摆件的；毛衣链、小手链。一个个慢慢挑拣、试戴。山区的夜市散得早，在小雨中走回巷子深处的民居——我一直喜欢快要散场时的夜市，那种杯盘草草、灯火阑珊的寂寥感。洗漱完看看窗外，没有路灯和光学污染的视野中，黑沉沉一片，远山全看不见了，但空气仍然是湿漉漉的，是近山房子才有的那种微霉的气味。天上的星星，亮晶晶。

看宋人笔记，觉得时空恍惚，自行脑补穿越一下，傍晚，劳作了一天的市民，草草吃罢晚饭，奔向夜市。在摊子上喝杯消食的紫苏水或豆蔻汤，或是甘草片、梅子羹。看秀才卖酸文，按顾客的要求，信口编段子，超时则挨罚。摊子很多：肉油饼、羊肠、麻豆腐、皂角儿，看伎人杂耍，逛饿了，坐下吃碗槐叶或是甘菊冷淘，把槐叶或甘菊花挤成汁揉进面里，再加工成面条……由开封迁来的北人和杭州本地居民，加上聚居新都的各方人士，带来的饮食习惯，使各地美食汇集在这里。

夜市，比商场更随意，比闹市更家常，比庙会更日常，比网购更亲人，比看电影更少拘束，比超市更开放，所以，可以活跃于任何时代。将来的夜晚，在南京这样的城市，大家都做什么呢？

爱是一生成熟的果实

　　周末的白天，我们一起看书，她温习功课，我备稿或练字。日渐西斜，太阳不那么晒的时候，我们去公园看刚开的白绣球花，辨识它们的名字："泉鸟"绣球原来像琼花，紫玉簪也迎风含苞，长身玉立的花蕾娉娉婷婷，花微开，总是一种初沐朝阳的少女感的美，又比如"芙蓉初发"。下午浇过水的泥地，散发阴凉之气，我们吃着草莓甜筒回家，发现了我们都喜欢的那只三花猫，正蹲在树上，和它们聊几句……这是还没有逝去，就开始舍不得的幸福时光。

　　有时，我们一起看电影，通常是儿童口味的片子。这些年，看了多少动画片？不记得了。如果不是陪伴一个幼儿成长，我可能不会发现一个童心焕发的异次元世界：周末或寒暑假，端着刚从肯德基或"CoCo"买来的奶茶、椰椰乳、蓝莓圣代，我们急急小跑到电梯边，啊，已经迟到了，快点，灯光已然熄灭，只剩下脚边的引路脚灯，今天是看《彼得兔》，一只挤眼睛的兔子，正在屏幕上跳着脚，突来一声震天吼，把我们吓得几乎泼出可乐，在影影绰绰的剧情光影中，我们找到座位，把爆米花插在椅座的孔洞里，努力衔接上情节，皮皮轻声说电影里的画很生动，我说波特小姐日常也很注意细节观察和速写的画材积累，手上也有功夫，我心想：回家以后，一定要记得把那本《彼得兔的诞生》找给她看，里面有波特小姐自小在农场的写生，彼得兔的源头就在那里。

动画片的观影场地，总是充满了世俗的吵闹：旁边的一个爸爸，被稚气十足的剧情催眠了，又被轰然一声的特技音效给惊醒了，一脸无奈；后面的小朋友，咯咯咯笑个不停，妈妈努力想把乱窜的小朋友抓回座位——我不坐班，常在工作日看电影，有时，整个小影厅只我孑然一人。单人电影的静谧沉溺，和动画片小厅的兵荒马乱，这两个维度，都是我生命中不可或缺的幸福。这简直是个隐喻。说到底，幸福不外乎来源于两点：自我实现和与他人建立温暖的链接。

做母亲，也许是我生命的一个功课。之前读弗洛姆的《爱的艺术》，对里面的一些话，我止于文字层面上的理解，一直到亲身做母亲之后，才真正地转为生动的体验："人格的发展，会经历获取性、剥夺性、储藏性的阶段，最后，人格的发展会升华为生产性。生产性的人格，意味着成熟的爱的能力。"

原来，爱是一生成熟的果实。

我想，这是一个多途径的体验，肯定有一些人，是在其他路径上，获取了这个体验，但我是在做母亲这件事上才明白的：爱人是一件比爱己更幸福的事，而且无须回报：养儿无关防老（非交换）、不需独占（非剥夺性）、你对对方尽心付出，只是为了让她羽翼丰满，最后有能力离开自己，飞得越远越好（非储藏性）。

我感激她赐予我的，是"此刻"感，我开始慢慢能摸到时间真实的颗粒，我已经不想再回顾或寄望什么，此刻，就在此刻，置身于幸福之中，就可以了。

幸福并非一味地甜，话说幸福和痛苦，其实是一枚硬币的两面，就像鸟与它翅膀下的风，没有经历过苦难，很难识得淡味之中的喜乐——类似于食谱中的糖盐常常并用，其实是以一味为重点，另一味做反衬和点睛之用。最近在读伊琳娜的回忆录，她妈妈是帕斯捷尔纳克的女友。她写道，灾难的年代过去之后，帕斯捷尔纳克又有了生活单纯充实、度日有序之感，"我对自己的生活感到满意"，他觉得每一分钟都十分宝贵、极其重要——"单纯充实，度日有序"，已经是饱经磨折、被白白耗掉壮年和创作精力的人最高的幸福。多么简单又珍贵的八个字。

看书时看到一段："……过去求新求异，以为新意在日常之外，后来慢慢体悟，所谓新是藏在日常之中的，不变中的变才是新新不已的所在。我记着平实的、有趣的和来神的日常。从中培养自己的眼光。瓜棚豆架，草木虫鱼，锅盘碗盏……阳光从那些地方照过来，爬上我的案头，斑斑点点，充满喜感。"

夏日的早凉中，隔夜沉积的栀子花香里，我静静地坐着，沉浸在眼前的书页之中，再无那些芜杂的纠扰和龃龉的磨蚀，我的心，能切身感受到这些话的沁凉抚触，我的心潮微微起伏，与它回应着。

给皮皮买了蔡皋画的桃花源，我自己在看贝聿铭作品集，我说："你知道学习最迷人的一点是什么？就是万宗同源，比如你手上的书，和我看的，看似毫不相干，其实有隐秘的联系。"我把美秀美术馆那页指给她看："贝聿铭这个建筑的灵感，就来源于你手上那本桃花源：'忽见一山，山有小口，仿佛若有光。'"皮皮盯着那个隐约透光的长隧道看了一会儿，把《桃花源记》那段重新回味了一遍，笑说有趣。我又问："桃花源是哪里发生的故事？你仔细看绘本，武陵人盛情招待渔夫，给他上了满满一桌菜，有一盘是湖南腊肉哎。"我们一起哈哈大笑起来。

我又对她说了一个故事：曾经有一个建筑师，造了一个小庙，所有人看到的，都是一个体式优美的建筑，其实这建筑里隐着一段日子的回忆，建筑师爱上了一个少女，他把她妙不可言的身体比例糅在这个建筑里，建筑不仅是精确计算建造出的实物，也是世界观和情感以及美学修养的体现。所以，你要好好学习古诗词，这是学校教学中最有价值的东西之一。总有一天，你走过的路、看过的书、爱过的人，都会化为你的精神血肉，美在你的体内流通增值，最后满溢而出。

她和我聊起刚刚考完的音乐期末考试，说有道题是问古琴是啥做的？小朋友说有人选了青铜，我说应该是桐木啊，所以，常有听音乐的小亭子或楼台都叫桐音馆什么的，有首诗是："江上调玉琴，一弦清一心。泠泠七弦遍，万木澄幽阴。能使江月白，又令江水深。始知梧桐枝，可以徽黄金。"这就是形容桐琴音色之美。我心想这首诗简直是玉质天成，每个字都那么玲珑剔透又毫无雕琢感，中国文字是多么美啊！

正在写稿，大脑突然空白，我问她："有个词，是说个什么动物在奔跑，形容乱跑乱窜的词，是什么来着？"她想了下，说："狼奔豕突？"我说对，小朋友不屑地说这个都不知道，我说妈妈确实印象模糊了，不知为不知，你给妈妈好好解释一下呗。

我想让她明白的是，学校的学习，只是一个开始，学习是个终身制的事情，要去享受它，因为学习是世界上最幸福的事，只要你在学习，每天都在刷新自己和眼前的世界，未来也变得开阔可期。知识是平等的，没有谁站在高处。学历、名利、社会地位会给人虚荣心的满足，但不会给你内心的幸福感，只有真正自主性的学习，才可以。

我读了一段我喜欢的萨克斯医生给她听——萨克斯医生是一个所谓的"好奇心患者"，他对具体人事有极大兴趣，他本来是个化学爱好者，之所以改学医科，就是因为现代化学越来越抽象，他记录了很多异于常人的神经症患者的病例故事，他觉得他们是拥有丰富内心世界的人，萨克斯从小就热爱独立思考，他尤为强调学习的自主性："我不喜欢上学，不喜欢坐在教室里受教育，老师讲课我总是左耳进右耳出。我不能被动学习，我必须主动学习，为我自己学习，以自己的方式去学习想学的知识。我不是个好学生，但我是个好的学习者，在图书馆里，在书堆里漫游，自由选择想看的书，沿着那些让我着迷的小道，成为我自己。"

有些虚度，会长出翅膀

2014年，自开春开始，我一直在生病。先是眼睛涨痛，乳房剧痛，接着是头晕恶心，肝区隐痛，肠胃不适，舌尖麻痛，之前我身体尚算健康，极少有就诊经验，所以这一系列的身体症状把我搞蒙了，只知头痛医头，脚痛医脚。辗转于各病室之间，费钱费力，肉体吃了诸多苦头，做了无数必要与不必要的检查，但都无果，没有任何器质性病变，所有数据都是正常的。

直到八月在口腔医院看舌头，那个医生给我仔细地查完口腔，看看我说："你的舌头没问题。"我说："不可能，我连续两个月不能正常进食了，只能喝冷粥，不然就有灼痛感。偶尔沾点辣椒整个口腔都火辣辣。"医生接着说："你是否还有身体其他部位不定时的疼痛？"我说是。感谢这个尽责的医生，在我被其他敷衍了事的医生胡乱诊断为肝损害、胃炎、喉炎之后，他告诉我，我得的是因精神压力和情绪刺激而生的自主神经紊乱，应该去看神经内科。

长话短说，如此，我病了一年，从头到脚的反复症状，我就不一一道来了。简单地说就是，如果某日早晨起床，我头不涨，眼不花，喉咙不堵，心不慌，手脚不发麻，天啦！那就是神赐的美好一天！我简直不知该如何安排才好，分值最高的宝贝书先端放成堆，准备美美地重读一遍，但是通常还没回春几天，冷气流又来了，只能继续卧床休养。

最后，我换了医生和治疗思路，病情被控制好转。现在说说这场病教会我的事情。

解决所有的人生、情感和人际问题，其实只要一个字："收"——收放的收，收藏的收。不解释，不自辩，任何行为皆不附带说明书。看客的评论算个屁，姐只专心做自己。成功个例：爱玲奶奶，菲姐。生而有涯，精力有限，我越来越舍不得拿去应对外界，只想向内营养自己。

情绪和水源、新鲜空气、矿产一样是有限资源，不节制地挥洒只会让你心力交瘁，身心枯萎。我有个豆友的签名把我笑得半死，是"当我不再和笨蛋讲道理之后……"，当然，这个句式也可以变身为"当我不再和神经病较真""当我不再和傻瓜纠缠"……做完这个假设句，你会立刻发现清风徐来，新天新地，时间和精力都多了一大块，简直是一夜乍富的幸福感洋溢啊。

重心的扎实，不摇晃，是每个女人一生的必修课，你做到了，则可应对一切。如果一段关系（男女情感、友情）让你失衡、踉跄、倾斜，那么，放弃它。这些道理，我二十岁就懂，且能赋以花枝摇曳的表达，但是把它落实到位，转为下意识的执行体系，是靠岁月的磨蚀、累积的伤害，再加上一场病。疾病摇晃着生命的瓶身，你终于重新做了次选择题，这次，打钩的答案是沉淀在瓶底的那些——硬件部分：健康；软件部分：自我，意义感。

2015年，我开始吃素，写大字，画淡彩。因为服中药必须忌口，我把辛辣刺激之物都戒了。良性后果之一是味蕾变得敏感了，吃东西分外有滋有味，偶尔吃饭店的菜，立刻觉得油盐太重，必须得用水果来清口。如此，无意中成了一个"蛋奶素"，早晨喝点粗粮粥，中午吃两份蔬菜，一份是绿色凉拌，一份是清炒或做蛋汤，晚上仍然如此，饭后吃吃水果和酸奶。适口充肠，简素清静。

我，这个上学时连书法作业都要家长代写的人，竟然每日定时习字，缘起有次逛书店时，无意发现张伯驹的一本书，书名是手写体，很美。我就跑到微信上——我的网友里多的是雅好书法的人，他们告诉我那是隋唐小楷，我立刻买了一本字帖练起来。虚活到三十多岁，第一次意识到中国书法之大美真身，后来，连洗脚时，我都拿干燥的笔端在字帖上读帖，摸索笔画之间的互动、走向、微妙的间架结构。中国书法的笔画安放，这脚伸长点，那笔就得调整，以求平衡，那真是一场缱绻的恋情。有时时间紧张，来不及摊纸墨，就用水写帖写了一会。写大字时，必须意到笔到，身心宁静，呼吸平和——我是拿它当心灵瑜伽来做。不为练字，只为安心。

我开始画淡彩画，这在过去简直不可想象。我总是刻意回避自己的视觉弱项，根本就不敢尝试绘画，但现在我会想"如果那些化验单有任何一张的送检结果是恶性，这个美丽的世界早与我绝缘了"，生死之前无人事，露短算什么？所以要用最大半径去活，方才不负这仅有的一生。生命好似一辆疾驰的火车，这场病，让我遥遥看见了终站的灯火，也唯因如此，才要不舍昼夜，奋力去活着。这样高密度地、努力地过，才能在到站时，潇洒地拍拍衣袋，道一声"再见"，下车。

不过，并非每段有孔隙的时光都是浪掷。

即使是工作最密集，每餐只能用三明治果腹时，我仍然每天去散步，呼吸"山气"——最好闻的气味，我觉得就是"山气"。一过太平门或者玄武湖，慢慢靠近家的时候就能闻到。它由风带来的新鲜空气，燃烧树叶的柴烟气，高密度林木的负离子气味，山岚散后的湿润度复合而成。如果是在小雨中，走去买菜，空气变得沁凉如水，那就是一首诗："树木不是海，可是有海的呼吸。"我无法形容给你听，只知道那是在梦中都笼罩着我的，山气。

2014年底，皮皮出了一场车祸，那天被人擦碰，皮皮从车的左侧被挤出后座，单脚着地，那只脚正好落到一辆客车轮下。挤断了三个脚指头，早上做了复位手术。还好当时是早高峰，堵车，那辆客车是在缓缓挪动，不然，孩子那只脚就没了。

住院自然是杂事繁多，但是在疾病和生死无常的映衬下，倒是让我感觉了"家"的暖意。皮皮入住的病房为宾馆式配置，只有皮皮一个病人，皮皮霸着电视整日看动画，我趁机重读了巴什拉《梦想的诗学》，罗兰巴特《明室》，还读完了托尼·朱特的《责任的重负》。到晚八点，她爸爸来换班，我才回家，走长长的夜路，洗漱，喂鱼，浇植物，抽支烟，把神经松下。手术前夜，是她爸爸的生日，我们仨在病房里分吃了一个小蛋糕。十五楼的大露台外，是华灯初上的冰冷尘世，屋里是我的家人。

在医院吃饭，老公把饭菜盛在纸碗里，又怕我弄脏手，剥了个茶叶蛋放上。病房暖气足，我顺便洗澡，他马上去铺防滑垫，洗完，我顾着晒毛巾，他却急忙擦地怕别的病人滑倒。皮皮说爸爸晚上老用手机看小说，不睡觉。我说那是他怕睡着了打呼噜影响别人，所以等人家先睡。皮皮在病房里百无聊赖，脚上打着石膏又不能下地，就信手在餐巾纸上涂鸦，画了很多花、鸟、飞马、小鹿。老公小心收起画，对我说："还记得十几年前，你也在餐巾纸上写过诗吗？"还有这事？我都忘了。我随手丢弃的瞬间，都被一双充满爱意的眼睛收藏了。

最近，每天早晨都被啾啾的鸟叫唤醒，老公说原来好像没这么多鸟，我说可能是窗外这棵马褂木长高了，逼近窗口，鸟都栖在上面，老公说："是啊，住这么多年了，树都长得这样高。"而我的幸福感就是，树和我们的孩子都在一天天长高，而你还像此刻一样，不说话，和我一起听鸟叫。

还有，情人节那天晚上，我心脏又不舒服，平躺就不能呼吸，只能靠着叠起的被褥，老公就拿着一个小收音机，慢慢地调频、找台，遇到好听的歌，我们就停驻那个台，静默无言，外面下着稀疏的小雨，我们一直听到雨停……这些虚度的清晨，还有夜晚，是会"在我们身后，长出薄薄的翅膀"来的，像七彩蝴蝶，在日与夜翻山越岭的峡谷里，飞去又飞来，投下薄暮般温柔的影子。

我们不善告别

爸爸的癌症,已经到了末期。每天抽胸水、输营养液、止痛,周而复始。早晨,睡意蒙眬中,冰冷的钢针就开始插进爸爸体内抽血,床位的记事板上,护士写上爸爸这一天要挂的水,这是爸爸一天的生活主线。在病房,所有的人穿着同款的病服,服从同样的作息安排,他们都失去了身份、财富感、背景,唯一的识别度是各自不同的病况,这也是他们交谈的主要内容。

爸爸有点烦躁,对我说:"我想回家。"他大概是想念他在阳台上的鸟,那是他为皮皮养的鸟。每天皮皮放学后,都会和鸟说会悄悄话;他想念那个连棉花都露出来的破沙发,还有那台款式落伍的旧电视,常常突发故障,需要一种家人方能明白的技巧才能打开。

他想念他自己可以任意时间起床、睡觉的空间,更准确地说,是那种自由的空气。

去医生那里试问,医生说:"回家?他是严重的冠心病,随时都会猝死。"这是实话,脱落的癌组织进入了血管,形成了癌栓,一周内爸爸已经心梗过两次,都是突然发作,因为在医院,才紧急抢救过来。

我自己也不能适应任何一种纪律生活。五岁的时候，爸爸给领导送礼，开后门把我送进了厂部幼儿园，那是全市试点的全托幼儿园，条件极好，当时甚是热门。我妈特别高兴，临去前一晚，用红线在我所有小衣服的领口上给绣上名字，歪歪倒倒的针线，像简笔画。我去的第一晚，就在小铁床上辗转难眠，隔壁是其他小朋友轻轻的呼吸声，半夜我不敢去尿尿，憋到膀胱胀满，匆匆跑去，仓促的动作中，袜子都被尿湿了，我穿着湿袜子睡到天亮。爸爸来看我，我就一直哭，我说："我想回家。"爸爸飞快地帮我办了出园手续，用二八自行车载我回家了，我坐在车子的大杠上，如鸟出笼，快乐无比。

可是这次，我却没法带爸爸回家了。

癌魔侵犯了胸膜，它像跋扈的蒙古大军，沿着淋巴和血管，四处犯边。爸爸的胸腔积液抽得越来越频繁，化验找出癌细胞之后，医生说不需要抽胸腔积液了，为了省下一次性水袋的钱，他们让我们直接用尿壶从管子里接出胸腔积液，然后把胸腔积液倒进马桶冲掉，血色的胸腔积液，打着漩涡下去了，水面上，还翻着细小的泡沫。

我看着马桶，突然有种无力的愤怒，这是爸爸的体液，昨天，500毫升，今天800毫升，明天还要抽。爸爸的生命，被这么冲进下水道了，和无数的生活垃圾、排泄物一起。

想起我怀皮皮时，每一个生命萌发的细节我都牢牢记在心里。那次我用试纸查出了怀孕，但还不敢相信，一直到B超找到了孕囊，我连裤子都没系好，就冲到走廊里，找老公分享喜讯，医生一开始没搞清我是意外怀孕而被惊吓了，还是惊喜了，终于明白我是不孕体质的时候，才摆出稳定的笑脸，向我表达恭喜之情。整个怀孕期间，我还是害怕皮皮会离去，结果皮皮发育得特别好，十二周就有心跳，赵医生把听筒放到我肚皮上，屋子里响起一个拍球一样的声音，赵医生说："这孩子心跳真有力，一定很健康！"这句话在剩下的孕期里，给了我巨大的安心感。有一天睡午觉，模糊感觉有人在推我，我愣了下，突然明白，是皮皮的胎动。这是我这一生最美的身体感受，胜过接吻和高潮。

每个生命来临的时候，那一点点的生命迹象、血肉生长的进程，都让我们雀跃欢喜，对它夹道欢呼。可是，当它如春雪消融、把自己还给大地的时候，才发现我们都擅长欢迎，但是，不善告别。

爸爸的身体越来越虚弱，形容枯槁，腿只剩下骨头，他已经没法走到电梯口送我们下楼了。爸爸最大的心愿还是回家，我们想了很久，征求了医生的建议，给他抽了胸腔积液，打了止水针，带他回去住几天。爸爸几乎不能进食，整天都躺在他的小床上昏睡，醒来的时候，眼睛看着坐在他对面看电视的皮皮，然后笑起来。这就是他最幸福的事了。晚上，妈妈给爸爸炖了鸽子汤，爸爸吃不下，他躺在床上看着皮皮喝，然后坐起身，捞出鸽子腿给皮皮吃。爸爸一定要我们一家人去饭店吃顿饭，十分钟的路，来回都得打车，他站不住。这是我们一家人的告别聚餐。

我们又把爸爸送入医院,我们在烈日下拦车,车子穿过拥堵的市区,爸爸一向话多,在出租车里也是,每经过一条路,他就要念叨那是什么路以及这条路和他之间的故事:曾经的同学住在这里,那里有个欠他钱的负债人,等等。司机显得很烦躁,我在前座上,想哭。这是爸爸最后一次见到这些街道了吧?以后,他要住进医院,在一架一米宽的小铁床上,对着某个能看到落日的窗户,一直到生命的终点。他喊着这些街道的名字,在我听来,是对这个他从小长大的城市的告别。

爸爸病危之后,我女友好心地劝我提前准备后事,免得到时手忙脚乱,比如寿衣得预置,尸体一僵硬就很难穿了。我突然明白,死亡,不是空自嗟叹的审美意象,它是由无数个结实的事件球构成,躲也躲不掉。于是,通知亲友,他们带着水果和故作轻松的笑容,跑来看爸爸最后一次,说些双方都心知肚明的假话。虚伪,是一种柔软的善意,不为润滑人际秩序,只因,我们不善告别。

生命中,充满了告别。交朋友是愉悦的,恋爱更是头顶头吸一杯酸奶的甜,而分手,甚少是一别两宽、各添欢喜的。所以,古诗有云:"乐莫乐兮新相知,悲莫悲兮生别离。"

和生命一样,关系的死亡也是林林总总。有的骤然消亡,是猝死;更多的是"相去日益远",大大小小不规则形状的外伤、内伤、退让、忍耐,一次次延医治疗,不过是绵延病程。

形亡之前，早已心死。生命不仅要对他者告别，也是对旧我的告别，这种事，有人一跃而过，如蝉蜕；有人则较为困难，总是辗转中，最终明白，按下删除键，轻装过的记忆更利于出发。而我是后者。

总是在告别中。

南京的墓地，近年来都日益耗尽，只能向高淳和江宁发展，好的墓地一平方米要七八万，还一墓难求，墓地有豪华穴位、简式穴位，等等，就像活人有别墅和安居房一样，我看着图片，这些墓地硬冷阴森，长着和死亡一样不近人情的冰冷外壳，让人生怖。

这几天看枡野俊明作品集，里面有个建筑，后来才发现那是一个火葬场，我顺着照片里的长廊走过去，从火化处走到了告别厅，那里有个向阳的小山坡，种着稀疏的竹子，安详的绿意让我的心里慢慢安静下来。枡野俊明是个禅僧，他的设计寓意是：生死无常，生者必灭，送别逝者，生者更要珍惜眼前的每一日。

我想，这才是告别的真谛。每一个告别的人，都让我死去了一些，又生出了新的部分。经过了他们的我，已经成为一个与原先不一样的我，而我将携带着这个新我前行，努力地过好每一日，奋力发光，让沉淀在我生命中的你，像云层中隐隐的星群，再闪亮一次，又一次。

再见了，我爱的人。

祝老师：

我前些日子在看《坡道上的家》，比起文字，那直面困境的直白，倒更有价值。多少人是顺势做了母亲呢？应该多于主动选择的。相当一部分的女性，根本没把生孩子当成可选择的事情，等孩子来了，绝境之中的自己，像没学会游泳就掉进水里的溺水者。呼救有用吗？倾诉有用吗？没有，都是一个人咬牙挨过那无助的黑暗。

除了做母亲本身的辛苦之外，自我与他者的分裂才是更可怕的吧——做母亲的这些年，一直觉得真实的自我，被封闭在一个不远却难以触及之处，不敢也不能打开，像飞行中塞进高处的行李箱。我想取下我自己，带着这行李冲出旅程，但那是不可能的。并且我得克制这情绪，不能让孩子察觉我的倦意。敏感又懂事的孩子，会觉得我其实疲于母职，而这，绝不是她的错，在她还是个小婴儿的时候，夜里醒了都不怎么哭闹，再没有比她更乖的小朋友了。

对于从事创作类工作、以高度自我为工作马达的人来说，分裂可能更严重吧。在孩子小

附：给祝羽捷的信

的时候，一手端着她的尿盆，一手端书或和他人打字聊文学，这种两难兼顾的窘境，在记忆中依稀远去，而新的分裂不断发生，最眼前的例子，现在窗外正在下大雨，我的文青自我，立刻回忆起小时候背熟的李清照，夹在书里发黄的栀子花瓣，而母亲自我马上想到接送孩子，穿雨衣、带雨具的麻烦，接下来的一天里，即使有了书本和写作的快乐，我的脚，也和孩子一样，穿在闷湿的雨鞋里百般难受……给她打伞，穿鞋套，但这对暴雨是没用的，她的脚，估计一天都是不那么干爽的，这个时时折磨着我。有了孩子，所有生命的负重都翻倍了，抱着的婴儿终归会长大走路，而心里的孩子是永远都放不下的。

最可怕的是，有了孩子，你就和社会最黑暗的一面牵连上了，无法靠书本屏蔽。往昔我无论多么倦于世事，只要一打开书本，立刻会平静快乐，而这个精神乐园，在孩子面前是没有用的，有了孩子，你就得化身为坚强的羽翼，要会和老师套近乎、受欺负时要会闹事、和其他家长交流或对抗……基本上是社会生活中让我最头疼的那些，都逼过来了，无法逃避，因为我的孩子，是人质。我没法拿了稿酬去大理写书，春游看花，夜夜笙歌，不醉不归，带着黑啤酒的酒气纵情写稿。我得泼皮、得油滑、得讨好，只为了我的孩子安全和快乐，不受虐待。我被剪掉了翅膀，只能伏地而行，有时简直是被焊死在轰隆隆的社会机器上。

以前也说过：我作为母亲和写作者，是有内心冲突的，母亲这个身份的工具性，就是它是另外一个人的成长平台。身为母亲，我必须整理过滤，和主流社会秩序良性对接，把健康平稳的一面给孩子做安心的基石，而我个人，也是写作者必备的人格锐角、边缘化及微量毒素，一直是在被压制状态。但实际上，过于和谐无扰、一味求安的内心，是会走向沉滞的。所以，这些年来，我总是不断地把自己从单一角色上拉开，让自己流水不腐，这样走平衡木久了，人也很累。

孩子给我带来深深的幸福感，丰富了我的生命层次，我对孩子这件事有抵触，更是因为对方所承受的生命自来的痛苦，而我未经同意把一个人带到这世界，这个责任太沉重了。每一步我都担心，怕没有尽到全力，而教育体制、生存大环境，都是我无法选择的。有时候我觉得自己像个糟糕景点的难堪导游。这种内疚也折磨着我。

那么，能对以上的一切忧虑对抗的，是什么呢？大概是某种鲜活的生命感吧。

小兔，你肯定见过几个月大的小婴儿，作为母亲，我们观察的距离更近、成像也更细腻。几个月大的婴儿，五官已经长开了，身体也非常饱满，给她洗澡时，你会忍不住想捏一捏那个藕段子一样的小胳膊小腿，忍不住想亲亲这个散发着乳香的小宝宝，对她说话时，忍不住想用重复词"吃饭饭、睡觉觉、小手手……"哪怕是最严肃的人，也忍不住想做一些滑稽的动作逗笑她，因为那"咯咯咯"的笑声太好听了……太多的"忍不住"了，没做母亲之前，我不知道婴儿那小小的身体居然如此沉实，在我的臂弯里有沉甸甸的坠重……那是生命的分量，这生命，由我带来这世间，她让我和抽象的"生命"这个词产生了关联，我想，这就是让我无法抗拒的，对做母亲的向往。那种鲜活阐释的生命感。

这几天我看书，看到一句俳句，是"婴儿看着水仙花"，我一下愣住了，这使我看见过的最洁净的句子，水仙是初开的，金盏银台，婴儿是初生的，小婴儿的眼神，像暴雨之后的碧蓝天空，无比清澈，是世界上至为洁净之物，她定定地看着你，毫无戒备，眼神中无善无恶，只有交托和依赖，这世间，成年人都穿着厚厚的盔甲，只有婴儿不怕暴露弱处。这洁净不仅来自优美的意象，更是干净的信任，和初生世间的生机，婴儿，水仙花，它们放在一起……我突然扭过头去，觉得都接不住这话了。

让我们珍惜这些瞬间吧，那是生命珍贵的礼物。

匆匆走笔至此，顺祝夏安。

黎戈